마을사람입니다만, 문제라도?

"I am a villager, what about it?"
Story by Arata Shiraishi. Illustration by Famy Siraso

시라이시 아라타 / 지음 시라소 파미 / 일러스트 이서연 / 옮김

4

'디스트로이 &
제노사이드가
내 모토니까.
철저하게 몰아넣어 다 죽여주겠어

프롤로그

성도(聖都).

고급스러운 붉은 카펫이 깔린 중앙교회의 심층부.

스테인드글라스를 투과한 빛이 실내를 일곱 빛깔로 비추고, 높은 천장에는 천사가 나는 그림이 그려져 있다.

호화로운 장식품으로 둘러싸인 방에 고대수(古代樹)의 단면을 그대로 쓴 거대한 테이블에는 열 명의 남녀가 앉아 있었다.

의자에 앉은 사람들의 연령층은 십대 후반 ~ 팔십대로 폭넓다.

"북쪽의 용사가 토벌했다는…… 지난 오거 건…… 그냥 넘어갈 수 없군."

가장 연장자로 보이는 노인이 화가 난다는 듯 중얼거렸다.

그 말에 노인의 옆에 앉아 있던 장년의 남자가 동의했다.

"교황님의 말씀이 맞습니다. 버서커는…… 드디어 정신이 나간 모양입니다."

장년 남자의 말에 교황이 한숨을 내쉬었다.

"음. 오거 엠퍼러는 실제로 등장했던 모양이네만…… 귀신까지 출몰했다는 헛소리를 늘어놓은 모양이라지?"

"정말 그렇다면 모험가 길드와 각국에서 A랭크 이상의 실력자를 모아 대규모 토벌대를 편성해야 할 사태…… 성장기인 용사 한 사람이 어떻게 할 수 있는 일이 아닙니다."

"뭐, 헛소리는 그렇다고 치고…… 북쪽의 용사 코넬리아=올스톤의 이번 전적, 최종확인을 하고 싶구면."

"네, 교황님. 코델리아=올스톤은 오거 엠퍼러를 단독으로 두 마리 격퇴했습니다. 그리고 오거 킹이 이끄는 오거 무리는…… 현지 기사단과 우연히 머물고 있던 마법학원의 특등생들이 격퇴했다는 보고가 올라왔습니다."

그러자 교황은 입술을 깨물며, 정말로 질린다는 듯 한숨을 쉬었다.

"아깝구면……. 아니, 너무 아까워……. 이제 미친 소리만 늘어놓지 않으면……."

"옳으신 말씀입니다."

"S랭크 마물 개체를 두 마리나 단독 토벌…… 우리의 예상보다도 훨씬 성장효율이 높다고 인정하지 않을 수 없구면. 넘치는 전투 재능은 그야말로 무신과 같으니…… 허나."

그때 말석에 앉아 있는 안경을 쓴 젊은이가 고개를 갸웃했다.

"그런데 이상하군요……."

"왜 그러는가……? 모제스?"

"같은 마을에서 태어나고 자란 소꿉친구이자 현자인 제가 적임자로써 세계연합의 밀명을 받아 코델리아 양을 감시하고 있습니다. 제가 올린 관찰 보고에는 현재의 코델리아 양이 단독으로 오거 엠퍼러를 사냥할 수 있다는 식으로 기록되어 있지 않았을 터입니다만?"

그 말에 어이가 없다는 듯 교황이 웃었다.

"그럼 자네는 정말 귀신까지 출현했고, 평범한 마을사람이 혼자서 모두 해치웠다는 헛소리를 진지하게 받아들이는 겐가?"

"마을사람…… 말이죠."

꿍꿍이가 담긴 미소를 지으며 모제스가 대답했다.

"아무래도 저와 같은 냄새가 나는군요. 그에게서는."

"같은 냄새라고? 보고서에 오른 그 마을사람이 자네와 같은 환생자라는 겐가……? 허나 애초에 우리 교권에서 우리가 파악하지 못한 환생자가 있을 리가 없는데."

"확실히 교황님의 말씀대로 대부분의 환생자는 특수한 직업을 가지고 태어납니다. 그리고 어린 시절에 누구나 통과하는 길…… 스테이터스 표 수여 이벤트가 열리는 장소는 바로 교회이지요."

"맞소. 특수한 직업을 가진 자는 스킬란에 이르기까지 정밀조사가 들어가지. 그리하여 부자연스러운 스킬을 지닌 자는 환생자로서 인정되는 걸세."

모제스가 다시 꿍꿍이가 담긴 미소를 지었다.

"아이들이 잔뜩 모여 표를 받기 위해 늘어선 와중에 쓰레기(마을사람)의 스테이터스란과 스킬란까지 일일이 확인하겠습니까? 스테이터스 표의 색깔이 마을사람이나 농민을 가리키는 흰색인 시점에 평범한 성직자는 눈길도 주지 않는 형식적인 작업이라고요?"

그 말에 순간 회장이 침묵에 휩싸였다.

"그러나 설마 정말로 마을사람이? 아니, 그래도 환생자가 지닌 신비한 스킬을 지니고 있다면 불가능한 일은……."

그때 모제스가 금세 익살스러운 어조로 말했다.

"농담입니다, 농담. 애초에 환생자의 직업이 쓰레기였던 예는 일찍이 없지 않습니까? 저는 현자이고, 같은 환생자인 제로 씨는 성기사이니까요."

모제스는 옆에 앉은 기사 갑주를 몸에 걸친 소녀에게 눈길을 보냈다.

나이는 십 대 후반으로 늠름한 외모이다.

은색의 긴 머리가 푸른색 눈동자와 잘 어울렸다.

"그럼 저는 어떻게 하면 될까요. 딱딱한 분위기는 좋아하지 않는데요."

그 말에 모제스가 고개를 끄덕였다.

"뭐, 이 경우에는 제로 씨에게 맡기는 것으로…… 어쩔 수 없겠지요. 용사에게 필요한 것은 전투능력만이 아닙니다. 인망을 모으는 것이 용사의 또 다른 역할입니다. 그러나 가마 위에 태울 장식품으로 쓰기에 그녀는 너무 악평이 자자해요. 이쯤이 한계겠지요."

"그럼 역시 우리 기사단에서 그녀를 맡으란 뜻인가?"

그러자 교황과 모제스, 제로라 불린 소녀를 제외한 여섯 명의 얼굴이 창백해졌다.

그 중 한 명인 사십 대 중반의 금발 귀부인이 교황에게 물었다.

"교황예하……? 신성교회의 암부…… 비공식 부대에 용사를 맡기신다고요?"

"음. 그렇게 되는군."

"황송합니다만, 버려진 토지라 불리는 그 땅에는 무장이교도 집단이 자리하고 있습니다. 저희 교권에 있어 변방 마을의 화공이나 강도, 살인 행위는 묵과할 수 없는 일입니다."

"뭐, 놈들은 그것으로 생계를 꾸리고 있으니까. 성전이라도 벌인 양 행동하는 사교도 집단이 강도 살인을 생업으로 삼다니…… 어떤 개그보다도 웃긴데? 심지어 본인들은 아주 진지하게 정의를 집행하는 듯 구니 이 또한 웃길 뿐이야."

"당신에게 묻지 않았습니다. 예하께 물은 거라고요. 버려진 토지에서 무장집단을 섬멸할 때…… 듣자하니 당신들은 전투시 민간인에 대한 약탈이며 능욕까지…… 군규로 금지하지 않았다고 하더군요. 그런…… 무뢰한 기사단에 용사를 파견하겠다고요?"

"아니, 아니야."

"아니……라니요?"

"약탈이며 능욕이 아니야. 우리 신성교회 비공식 기사단 간사이렌고에서는 그러한 모든 전투까지 포함한 일련의 행동을 통틀어 디스트로이&제노사이드라고 해."

"디스트로이…… 제노사이드……?"

"무슨 일이든 밝고 즐겁게 쾌락주의로 철저하게 나가자는 게 우리의 슬로건이니까── 그 부분은 잘 부탁해!"

오른손 엄지손가락을 척 세우며 제로가 윙크했다.

"뭐, 한마디로 여자애 하나를 수단 가리지 않고 레벨을 올리면 되잖아? 그럼 우리가 제일 적임이야. 그야 사교도들이 끊임없이 나타나는 곳이니까."

제로의 말에는 대꾸하지 않고, 다시 금발 귀부인이 교황에게 물었다.

"예하? 정말…… 이와 같은 무뢰한 집단에 용사를 맡기겠다는 겁니까? 그 자들이 그 땅에 파견된 결과, 몇 년 만에 그 땅의 인구는 삼분의 일이나 줄었다고 하던데요."

귀부인의 말에 제로가 히죽 웃었다.

"삼분의 일을 줄인 정도가 아니라고? 반 이하로 줄였는데? 뭐, 수만 단위로 철저하게 죽였으니까."

오물을 보는 듯한 시선을 제로에게 보내며, 귀부인이 다시 교황에게 물었다.

"이처럼…… 이들은 몇 명의 무장과격파를 발견하기 위해, 비전투원을 포함한 백 명 이상의 집락을 통째로 불태우거나 약탈하고, 범하고, 살인을 저지르는 무리라고요?"

"그러니까 우리는 교황님에게 마음대로 해도 된다는 말을 들었다고. 게다가 처음 내가 맡은 건 전쟁범죄자에 대한 특별사면으로 풀려난 거친 녀석들이야. 덧붙이자면 일부러 신설된 비공식 기사단이 끝도 없이 무장과격파 집단을 계속 배출하는…… 그 토지에 파견된 거잖아? 오히려 디스트로이&제노사이드는 다른 사교도들에게 보여주기 위한 의미로 장려되었다고 생각했는데? 아니, 오히려…… 정말 그 땅에 사는 무리를 한 사람도 남기지 않고 없애버리는 것마저, 암암리에 명령에 포함되어 있다고 해석할 수도 있어."

제로가 짓궂게 교황을 바라보았다.

교황이 어색한 표정을 지었다.

"어쨌든 이 자리의 의제는 그 땅에 있는 상주 기사단 아니, 표면적으로는 국가가 없는 토지에 모인 난민 캠프들에 대한 치안유지

대책을 위한 의용병단이지만, 그에 대한 용사의 파견 여부일세."

"뭐, 한마디로 코델리아라는 애가…… 머리가 펑── 되었다는 말이잖아? 따라서 도저히 민초 앞에 세워서…… 연설 같은 걸 해서 기부금이며 세금 등을 긁어모으는 업무는 맡길 수 없다고."

"지나치게 노골적인 표현이지만…… 그런 걸세. 다만, 버서커의 이름은 무시할 수 없는 것도 사실일세. 민초에게 내세울 장식품으로는 쓸모가 없더라도, 강한 자는…… 한 사람이라도 더 원하는 바네."

"인류의 세력권을 마물의 손으로부터 회복시키는 것은 성교회뿐만이 아니라 전 세계적인 비원이니까."

교황은 제로의 말에 크게 동의했다.

"이 시대에는 적지 않은 숫자의 환생자가 흘러들어왔네. 이제용사조차도 최대이자 최강의 전력이 아니야. 그런 이상한 사태가일어나고 있어. 마물 입장에서는…… 인간이라는 종에 대재앙이일어난 것과 같네."

그러며 교황은 크게 숨을 들이마시고는 말을 이었다.

"우리 교권이 전 세계의 선두에 서고, 마물이 널린 바깥 세계로진출하여…… 마치 대재앙처럼 인류의 판도를 크게 뒤집는 걸세. 그러면 교황인 나의 이름이 역사에 새겨지겠지."

그때 정오를 알리는 종소리가 실내에 울려 퍼졌다.

"음? 벌써 이런 시간인가? 그럼 이야기도 마무리 되었으니, 오늘 의제는 종료일세. 각자…… 오게 될 날을 위해 약진하라!"

그 말로 회의는 끝났고, 한 사람, 또 한 사람 인사를 한 뒤 실내에서 떠나갔다.

회의가 종료된 뒤, 모제스와 제로는 교회 본부 안의 긴 복도를 나란히 걸어갔다.

"이봐, 모제스 오빠?"

"왜 그러십니까? 그보다 저는 열여섯 살이고 당신은 열아홉 살이지 않습니까?"

"사소한 일은 신경 쓰지 마. 지난번도 포함한 실제 나이는 오빠가 훨씬 연상이잖아?"

"뭐, 그건 그렇습니다만……."

곤란하다는 듯 모제스가 안경을 집게손가락으로 눌렀다.

"갑작스럽지만 본론부터 말할게. 교회가 파악하고 있는 환생자란…… 사실 절반 정도지?"

그 말에 모제스가 의아한 듯 고개를 갸웃했다.

"아까도 말씀드린 대로, 적어도 이 교권에서는 놓친 사람이 없습니다만?"

"사실 내가 귀가 좀 좋아서 말이지…… 오빠들이 여러모로 뒤에서 살금살금 움직이는 것 같던데?"

"환생자끼리 개인적인 접촉은 중대한 위법이라고요? 저희의 능력은 개인으로 따져도 이 세계에서 지나치게 위험하니까요. 뭐, 이러한 공식행사 자리라면 이야기는 별개입니다만."

그러자 제로가 킥킥 웃기 시작했다.

"뭐, 나는 오빠들이 무슨 짓을 하는지 궁금하거든. 다른 무리와 힘을 합쳐 마음만 먹으면, 오빠는 세계연합 같은 조직에 속하지 않아도 되잖아?"

"그러니까 개인적으로 다른 환생자와 만나는 것은 중죄라고요."

"또 이런다…… 입이 참 무겁네."

"그런데 제로 씨?"

"뭔데?"

모제스가 히죽거리며 입가를 올렸다.

"코델리아 양은 당신이 맡게 됩니다. 그보다도 제가 그렇게 되도록 만들었습니다. 보고서에도 상당한 각색을 가했고, 이번 인사권자에게 상당한 돈도 쥐어줬고요."

"그래서?"

제로가 의아한 듯 고개를 갸웃했다.

"그들의 안이한 육성 프로그램으로는 코델리아 양의 성장이 제대로 되지 않습니다. 앞으로 세계의 격동의 파도에 삼켜져…… 그야말로 순식간에 목숨을 잃게 되겠지요."

"그러고 보니 버서커는 오빠가 흠모하는 사람이던가?"

"그런 겁니다. 그러니 당신들의 주둔지에 기회를 봐서 코델리아 양의 상황을 보러 방문하도록 하겠습니다. 뭐, 물론 무허가겠지만."

그 말에 제로가 입을 떡 벌렸다.

"다른 환생자와의 개인적인 접촉은…… 중죄라고 하지 않았나?"

모제스가 두 팔을 벌리고 웃음을 터뜨렸다.

"하하! 하하하! 우문이로군요?! 뭐, 확실히 그렇군요. 중죄입니다. 그래도 말이죠? 그래도 말입니다? 코델리아 양이잖아요? 코델 양도 아니고, 델리아 양도 아니라고요? 코·델·리·아 양이라고요? 로마자로 적으면 K·O·D·E·R·I·A 양이라고요? 영혼의 외침으로 말하자면…… KOOOOOOOOOOOOOOOOOOOOOOOOOOOOOOOOOOOOOOOODERIA 양이라고요?"

눈을 부릅뜨고, 침을 튀기며 황홀한 표정으로 크게 외치는 모제스.

당연한 일이지만 제로는 크게 기겁한 얼굴로, 조금 전보다도 모제스와의 거리를 50센티미터쯤 벌렸다.

"그러니까 말이죠? 코델리아 양에 관한 안건은 저에게 언제나 일순위입니다."

"……벌어진 입이 다물어지질 않네."

"하지만 착각하지 마시라고요?"

"착각?"

"어디까지나 저는…… 세계 규모의 국가연합에 관리되고 있는 평범한 환생자에 지나지 않으니까."

제로가 어깨를 으쓱하며 웃었다.

"대단한 사람이네, 정말."

그때 긴 복도의 모퉁이에 다다랐다.

"이제 밖에 나가면 서로 대화도 할 수 없는 게 규칙이야."

"네, 한 걸음 밖으로 나가버리면, 그 이후에는 개인적인 접촉이 되니까요."

"자…… 안녕!"

그 말만 남기고 제로는 문을 열고 종종걸음으로 달려갔다.

모제스도 그녀의 뒤를 이어 교회 본부 건물에서 밖으로 나갔다.

이어서 그는 하늘을 올려다보았다.

"고블린, 아만타, 그리고 귀신. 지금까지는 이 세계의 현지 생명체입니다. 잡몹을 상대로 무쌍을 벌이니 즐거웠겠지요, 류토군. 최근까지 눈치채지 못한 저도 바보입니다. 그러나 이번에는 상대도 환생자입니다── 이걸로 데드 엔드겠지요."

모제스가 추악하게 입가를 일그러뜨리더니, 그 자리에 침을 뱉었다.

"……쓰레기 주제에 코델리아 양에게 접근하다니…… 주제를 알아야지."

마을사람입니다만, 문제라도?

"I am a villager, what about it?"

Story by Arata Shiraishi, Illustration by Famy Siraso

시라이시 아라타 / 지음

시라소 파미 / 일러스트

이서연 / 옮김

"I am a villager, what about it?"
Story by Arata Shiraishi, Illustration by Famy Siraso

C o n t e n t s

길드 마스터와의 재회

오거 사건의 훈장 수여식으로부터 며칠이 지났다.

국왕에게 표창을 받을 정도로 공을 세운 학생을 상대로 퇴학을 시킬까 말까 하는 푸대접을 할 수는 없었던 학원은 나와 사에구사는 아르테나 마법학원의 하위 클래스에서 보통 클래스로 옮기는 등, 특별대우를 해줬다.

참고로 오거의 토벌에서 코델리아 등의 대우는 다음과 같다.

· 코델리아: 은백기사(기사 계급으로는 제2위의 계급. 웬만한 귀족보다 높다)
· 릴 리 스 : 프리 어뎁트(마법사 계급으로는 제4위의 계급. 궁정마법사의 하위 클래스가 대체로 이 등급이다. 학생으로서는 최상위)
· 사에구사: 준국빈(유학생으로서 왕족에 준하는 대우)

그리고 나는 그냥 기사 대우(기사 계급으로는 제8위)이다.

응. 완전히 마을사람이라며 무시당했다.

코델리아는 이미 용사로서 갖가지 실적을 올렸고, 원래 제4위의 기사 계급에 속해 있었으며, 릴리스 역시 마법학원의 특대생이다.

그리고 사에구사는 몰락했다고는 하지만, 본래 명문가 출신의 유학생이다.

각각 나름대로 걸맞은 대우를 받았다고 할 수 있었다.

나를 제외하고.

귀신을 퇴치했는데 이건 아니지 하며 짜증이 약간 일었다.

이 일을 계기로 나는…… 이대로는 안 되겠다는 생각을 하기 시작했다.

"그러니 난 일단 가볍게 A랭크 정도까지 올라갈 예정이야."

아르테나 마법학원의 정문에는 여행 준비를 한 나와 릴리스.

그리고 그 모습을 배웅하는 코델리아와 사에구사가 서 있었다.

"가볍게 A랭크……라니."

싸늘한 눈으로 말하는 코델리아에 이어 사에구사가 어처구니가 없다는 듯 말을 이었다.

"아무렇지도 않게 엄청난 말을 한다니까요."

"응?"

"아니, 실제로 너는 아무렇지도 않게 말도 안 되는 소리를 하잖아? 뭐, 정말로 가볍게 해낼 테니까 재수 없지만."

나는 이미 충분히 강해졌다.

대부분의 일은 힘으로 어떻게든 처리할 수 있다.

이제 어느 정도는 눈에 띄어도 문제없을 것이다.

마을사람이라는 것만으로 무시당하는 것은 상관없다. 다만 그 때문에 미래에 코델리아의 서포트를 하지 못하게 되면 매우 난처하다.

예를 들어 고위 마물의 토벌대에 내가 들어가지 못하는 사태가 일어나는 것은 반드시 피하고 싶다.

그럼 어떻게 해야 할까?

가볍게 A랭크 모험가가 되어서, 지위로 주위 사람을 납득시킬 수밖에 없다는 것이 나의 결론이었다.

"언제 돌아올지는 확실히 약속할 수 없지만, 유급하지 않는 정도의 수업 일수는 채울 거야. 그럼 또 보자."

"그렇구나."

코델리아가 조금 슬픈 표정을 지으면서도, 씩씩하게 미소를 지었다.

"가능한 한 빨리 돌아와야 해!"

"너도 성교회 본부 최강 클래스의 성기사단에 파견된다고 들었는데?"

"강화 프로그램의 일환이야. 용사는 꽤 여러 식전에도 나가야 하니까, 학교는 일 년의 절반 정도밖에 나오지 못할 거야."

"뭐, 아무튼 너야말로 얼른 돌아오라고?"

"응, 노력할게."

나는 주머니에서 마석으로 만든 펜던트를 꺼냈다.

극지의 폐허도시에서 발견한 것으로, 각종 상태이상에 대한 내성이 강화된다.

가격을 매긴다면 금화 백 개는 우스운 수준이며, 특수한 기능을 가지고 있는데 굳이 따지자면 그쪽이 더 중요하다.

"이게 뭐야?"

"선물이야. 네가 곤경에 처했을 때 분명 널 도와줄 거야."

"선물……?"

코델리아는 얼굴을 조금 붉히면서 선물을 받아 들었다.

곧장 목에 걸더니 그리 싫지 않은 듯 사에구사에게 물었다.

"있잖아? 코하루? 어때? 어울려?"

"에메랄드일까요? 정말 예쁘네요."

코델리아가 기쁜 듯이 수줍게 후후 웃었다.

"고마워, 류토. 다음에 학식 사줄게."

"학식보다 분명 그 펜던트가 훨씬 비쌀걸? 전혀 답례가 못 되잖아."

그야 일본 돈으로 따지면 1억은 훌쩍 넘으니까.

"나의 초대를 받은 것만으로도 영광으로 알라고."

코델리아가 지지 않고 대꾸하는 것을 들으며 나는 릴리스에게 시선을 보냈다.

릴리스는 귀찮다는 듯 코델리아와 사에구사에게 인사했다.

"……그럼."

여전히 무뚝뚝하네…… 하며 나는 쓴웃음을 지었다.

"갈게!"

두 사람의 모습이 보이지 않게 되자, 사에구사가 코델리아에게 질문했다.

"그런데 괜찮겠어요? 코델리아 양?"

"응? 뭐가?"

잠시 침묵하던 사에구사가 말하기 거북한 어조로 다시 질문했다.

"좋아하잖아요……? 류토 군을."

다시 침묵이 두 사람을 감쌌다.

코델리아의 미간에 주름을 생기고, 관자놀이가 움찔움찔 경련했다.

이어서 바닥으로 시선을 떨구고, 주먹을 쥐더니 부들부들 떨기 시작했다.

그러고는 얼굴을 새빨갛게 물들이고는 떨리는 목소리로 말했다.

"글쎄, 어떨까?"

사에구사는 웃음을 터뜨릴 뻔했으나, 바로 손으로 입을 막았다.

"후후…… 코델리아 양은 거짓말을 하는 게 서투네요."

"…………."

대답 대신 어깨를 으쓱하는 코델리아에게 사에구사가 재차 몰아붙였다.

"그런데 릴리스 양과 둘이서 가버렸는데…… 정말 가지 않아도 괜찮겠어요? 남녀 둘이 여행하는데요?"

잠시 생각하던 코델리아가 하늘을 올려다보았다.

"음…… 그 녀석에 대해서는 이제 여러모로 포기했거든."

"포기했다고요?"

코델리아가 이제 어쩔 도리가 없다는 듯 두 손을 들고, 한숨을 내쉬며 항복하는 포즈를 취했다.

"응. 무슨 말을 해도 듣지 않고, 자신이 생각한 대로 해버리는 데다, 덤으로 모두 확실히 완수하고 있고…… 그러니 이걸로 됐어. 그렇잖아?"

"그런가요?"

"그 녀석은 '앞으로 너와 같은 길을 가겠어'라고 말했다고? 그리고 그 녀석은 자신이 생각한 일을 확실히 완수해. 그러니까…….'"

"그러니까?"

코델리아는 구름 하나 없는 푸른 여름하늘과 같이 꾸밈없이 활짝 미소를 지었다.

"이걸로 됐어. 나는 그 녀석을 믿어."

그렇게 코델리아와 사에구사는 언제까지고, 언제까지고 두 사람의 뒷모습을 향해 손을 계속 흔들었다.

모험가 길드로 향하는 도중, 나와 릴리스는 말이 없었다.

그보다 릴리스의 기분이 저조했다.

아까부터 1분에 마흔 번은 혀를 차고 있고, 구멍이 나지 않을까 싶을 만큼 지팡이 대신 쓰는 마법의 지팡이로 바닥을 쳤다.

그러더니 주머니에서 인형을 꺼냈다.

어쩐지 코델리아와 무척 닮은 헤어스타일의 인형인데, 그것은 나의 착각일 것이다.

릴리스가 왼손에 인형을 들고, 오른손으로 인형을 때리기 시작했다.

퍽!

퍽!

퍽!

나는 걸으면서 잘도 한다고 생각하며, 릴리스에게 물었다.

"왜 그러는 거야, 릴리스?"

"…………."

릴리스는 무뚝뚝하게 나의 말을 무시했다.

"대체 왜 그러는 거냐니까, 릴리스?"

샐쭉하게 볼을 부풀린 릴리스가 대답했다.

"……나도 선물 받고 싶어."

"너 정말 성가시구나."

설마 내가 이런 광적인 사랑을 받는 라이트 노벨의 주인공 같은 말을 하는 날이 올 줄이야…….

아니, 세상에는 무슨 일이 일어날지 모른다.

"…………불공평."

"불공평이고 뭐고 할 게 어디 있어."

진절머리를 내며 나는 말을 이었다.

"애초에 그건 엄밀하게 따지자면 선물이 아니야. 필요하니까 건넸을 뿐이지. 그건…… 그거야."

흐웅? 릴리스가 턱에 손을 대고 무언가를 생각했다.

"……아아, 그렇구나. 그건 그것이었나. 이해했어."

"그렇지? 가능하면 나도 코델리아에게 건네고 싶지 않았다고. 그야 진짜 기능은 본인에게 말하지 못할 정도의 물건이니까."

"……하지만 그거라도 좋으니 나도 갖고 싶어. 류토에게 그것을 받을 수 있다면…… 더할 나위 없으니까."

"너 정말 마조히스트구나. 변태라고 불러도 손색없을 수준이야."

릴리스가 그 말에 피식 코웃음을 쳤다.

"……그걸 다 큰 아가씨에게 건네는 류토도 꽤나 변태라고 생각해."

"크윽……."

팬던트의 기능을 생각하면 확실히 반론할 말이 없어 더욱 화가 치밀었다.

"……후후. 하지만 이걸로 괜찮은 것 같아."

"무슨 소리야?"

"……류토도 변태, 나도 변태…… 닮은 사람에 닮은 부부. 단언하겠는데 우리의 밤 생활은 정도를 벗어난 격렬한 모습일 거야."

곧바로 릴리스의 머리를 주먹으로 때렸다.

"……아파."

릴리스가 풀 죽은 표정을 지었다.

"……하지만 아파서 좋아."

릴리스의 눈이 풀렸다.

아니, 황홀한 표정이라고 해야 할까.

솔직히 무섭다.

이런 대화를 나누는 와중에 우리는 모험가 길드에 도착했다.

"이곳은 시골입니다만, 그래도 그럭저럭 격식 있는 길드라고요? 원래는 A랭크 모험가인 길드 마스터가 있으니까요? 한·마·디로 당신과 같은 학생이 올 만한 장소가 아니라고요?"

"무슨 말을 하고 싶은데?"

그 말에 접수처의 엘프 여직원이 피식 웃었다.

"다시는 오지 말라는 거예요."

릴리스가 미간을 찡그리고 엘프를 노려보았다.

"……스테이터스 측정은?"

직원이 다시 하항 코웃음을 쳤다.

"방금 한 말 들으셨잖아요? 다시는 오지 말라고 말했을 텐데 요?"

슬슬 나도 짜증이 났기에 직원에게 질문했다.

"무슨 소리야?"

"보아하니 십 대 중반의 마법학원생이 학비가 부족하여 길드로 달려온 모양이군요. 그리고 그런 사람들의 시체를 치우는 게 제일이라고요! 여름이면 얼마나 민폐인지 아세요?"

매우 험악하게 나왔다.

그녀는 시체 처리에 얽힌 사연이 있는 모양이다.

"…………."

"…………."

나와 릴리스는 입을 다물었다.

릴리스가 직원을 노려보았다.

"……당신은 정말 우리를 이런 취급해도 잘리지 않아? 스테이터스 측정조차 하지 않아도 돼? 여기 길드 규약에는 일단 스테이터스 측정이라는 게 있을 텐데."

릴리스의 말에 직원이 하하 웃었다.

"잘린다고? 왜 제가 해고되죠? 주제도 모르는 학생의 목숨을 구해준 거라며 오히려 감사받고 싶을 지경이네요."

그때 릴리스가 나에게 귓속말을 했다.

"……돌아가자."

그리고 등줄기가 얼어붙을 듯한 미소를 지으며 릴리스가 말을 이었다.

"나중에 정식으로 건의해서 진짜 잘리도록 하면 돼."

그 말에 나는 고개를 가로저었다.

"아니, 릴리스, 그럴 수는 없지."

나는 고개를 숙이고 직원에게 애원했다.

"험한 말은 하지 않을 테니까, 적어도 스테이터스만이라도 봐주지 않겠어?"

"봐주지 않겠냐니…… 말투가 그게 뭐예요. 봐주십시오, 겠죠? 그보다 아까부터 당신들 뭘 잘난 듯이……."

엘프 직원이 심술궂게 웃었다.

"뭐, 좋아. 진짜 손님…… 모험가가 있으면 너희 같은 애송이는 상대하지 않지만, 지금은 아무도 없어서 한가하니까. 끝까지 상대해줄게. 너희 같은 애송이의 마음을 꺾을 때까지 확실히 데이터를 제시해주겠어."

아무리 나라도 이런 말투는 화가 난다.

아마 우리 스테이터스 데이터를 살피면 이 접수처 직원은 틀림없이 해고된다.

나도 이미 S랭크를 가볍게 넘어 섰고, 릴리스 역시 A랭크 최상위급이다.

둘 다 이곳의 길드 마스터보다도 강하다.

"그럼 스테이터스 측정을 한다는 거지?"

길드 접수처 구석에 측정기라는 이름의 수정 구슬이 두 개 놓여 있었다.

직원이 그것을 가리키며 책상 안에서 은색판을 꺼냈다.

"네. 그것을 만지면 측정이 시작됩니다. 그리고 측정 결과는 제가 들고 있는 이 플레이트에 전달됩니다. 하하…… 하지만 정말 웃음이 나네? 너희에게 어울리는 건 노동자 길드지, 모험가 길드가 아니거든? 학생 수준의 애송이가 정말 이런 식으로 얼마나 죽어댔는지……."

그렇게 먼저 릴리스가 방구석의 수정 구슬로 다가갔다.

"…………."

조용히 직원을 노려보는 릴리스.

직원은 우아한 동작으로 커피잔을 손에 들고 입에 댔다.

"……이제 됐어?"

릴리스가 여전히 직원을 노려보며 말했다.

직원의 손에 든 플레이트에 릴리스의 스테이터스 정보가 표시된 모양이다.

결과 직원은 부들부들 떨었고, 그리고──.

──마시던 커피를 성대하게 뿜어냈다.

"콜록! 콜록………! 콜록! 콜록콜록콜록!"

직원은 한동안 기침을 연발했다.

아니, 기침이라고 하기에는 정도가 심했다.

아무래도 기관지에 커피가 들어갔는지, 그야말로 목숨이 걸린 발작 같은 표현이 더 어울리는 모습이었다.

"쿨럭! 쿨럭! 쿨럭! 크흑……! 헉……! 힉……! 힉……! 후우……! 힉……! 힉……! 후우……!"

조금 전까지만 해도 도도한 표정을 짓고 있던 엘프 직원은 보기에도 무참한 표정으로 변해있었다. 콧물 엘프가 된 끝에 라마즈 호흡법이라도 하듯이 필사적으로 숨을 고르고 있다.

커피가 기관지에 들어갔는지, 아니면 콧속으로 들어갔는지…….

격하게 숨을 몰아쉬며 조금씩 호흡을 되돌리고 있었다.

그리고는 간신히 호흡곤란에서 벗어난 그녀가 창백한 얼굴로 외쳤다.

"츠, 츠, 측정 오류예요! 이런 건 말도 안 돼요!"

아연실색한 표정으로 플레이트를 바라보는 직원에게 릴리스가 의아한 듯 물었다.

"……측정 오류?"

"그래! 그래요! 이건 측정 오류예요!"

아무래도 엉뚱한 방향으로 현재 상황을 이해한 모양이다.

그러고는 관자놀이에 핏대를 세웠다.

"무슨 마술을 썼는지 모릅니다만, 공적 기관이나 또는 길드와 같은 준공적 기관에서 요구하는 스테이터스 공개를 조작하는 것은 중대한 범죄라고요!"

릴리스를 척 손가락질하며 잘난 척하는 표정을 보아하니 자신의 행동이 만족스러운 모양이다.

자신의 판단을 강하게 믿는 성격인 듯, 그 이외의 가능성을 전혀 고려하지 않는 것 같다.

"거기 당신?"

"응? 나 말이야?"

"당신도 수정 구슬에 손을 대보시죠."

길드 직원은 개인정보 누설이 엄격히 금지되어 있다.

소문에 따르면, 금기를 깨면 즉사하는 주술이 걸려 있다든가, 혹은 기억상실이 되는 주술이 걸려 있다든가.

뭐, 실제로도 그 정도 수준의 어떤 제약이 의무화되어 있을 것이다.

이유인 즉슨, 길드에서 정보가 새어나갔다는 이야기를 들은 적이 없기 때문이다. 덕분에 가벼운 마음으로 스테이터스 공개를 할 수 있는 거겠지만.

"어서 수정 구슬에 손을 대라고요."

직원의 말대로 나는 순순히 수정 구슬에 손을 댔다.

그러자 플레이트로 시선을 보낸 직원이 웃기 시작했다.

"후후…… 하하! 하하하하하하하핫!"

"왜 그러는 거야?"

"그야…… 훗…… 후하하하하하하하! 하하하하하하하하하하하하…… 안 돼…… 배 아파…… 하하하하하하하하하하핫!"

직원이 배를 잡고 계속 웃었다.

"대체 왜 그러냐니까?"

웃느라 눈물까지 흘리면서도 직원은 웃음을 멈추지 않았다.

"하하하하하하하하하하하…… 안 돼…… 배 아파…… 하하하하하하하하하하하핫……! 사칭…… 하는 것도…… 하하하하하…… 좀 더 현실적인…… 수치를…… 하하! 얼마나 머리…… 하하…… 나쁜…… 하하…… 하하하하하! 하하하하하하하하하!"

그러며 직원은 나에게 가까이 오도록 손짓했다.

"우후후…… 아…… 오랜만에 웃었네요. 사칭이라고는 하지만 개인정보는 개인정보니까요? 지금부터 어느 정도 상세한 정보를 작은 소리로 말할 테니까, 얼굴을 이쪽으로 향하세요."

카운터 너머로 수십 센티미터일까.

내가 그녀에게 귀를 가까이 대자, 그녀도 나의 귀에 입을 댔다.

그리고는 아무에게도 들리지 않을 작은 목소리로 속삭였다.

"S랭크 모험가도 이런 스테이터스는 말도 안 된다고요? 정말…… 세상 물정 모르는 바보 같은 사기를 치네요?"

뭐, S랭크 정도는 여유롭게 넘으니까 당연하다면 당연한데…….

그때 직원이 거만한 얼굴로 나와 릴리스를 다시 손가락질하며 입을 열었다.

"……이 범죄자가!"

나와 릴리스는 서로 마주보다, 이건 안 되겠다며 어깨를 으쓱했다.

이어서 직원은 길드의 홀에 있던 다른 모험가들에게 큰소리로 외쳤다.

"여———러——부———운———! 이 자들은 범죄자입니다! 다소 아프게 해도 상관없으니— 제압해주세요! 금전적인 보수는 나오지 않지만, 길드에 공헌한 것으로———— 평가가 올라갈 찬스———라———고———요————!!"

홀에 울려 퍼지는 커다란 목소리.

모험가들의 눈빛이 달라지며, 당장 나와 릴리스를 포위했다.

"……어떡할래?"

릴리스는 반쯤 웃고 있었다.

다만 반쯤 웃는다고 해도 눈 안쪽은 결코 웃고 있지 않았다.

아아, 이거 완전히 화났구나…… 하며 나는 한숨을 내쉬었다.

"어떡하고 뭐고……."

아니, 정말로 곤란하다.

이 자리에서 모험가들을 물리치는 건 어렵지 않지만, 너무 눈에 띄고 싶지는 않았다.

그러나 얌전히 잡히는 것도 싫다.

어떻게 할까…… 하고 고민하던 그때, 접수처 안쪽에서 거대한 남자가 나타났다.

수염을 기른 짧은 머리에 어딘가의 적룡 아저씨의 인간 버전을 연상케 하는 근육질의 중년 남자였다.

"대체 무슨 일이냐, 이 소란은? 범죄자가 어쩌고 하는 소리가 들렸는데……."

그 말에 직원이 의자에서 일어나, 우아하게 커피잔을 손에 들었다.

"후후? 당신도 끝이로군요? 본래는 A랭크 모험가인 길드 마스터가 오셨으니까…… 절대 도망치지 못한다고요?! 후훗…… 하하하! 하하하하하!"

나와 길드 마스터의 눈이 마주쳤다.

"다…… 다…… 다…… 당신…… 당신은…… 류, 류…… 류토 씨 아닙니까!"

아아, 이제 보니 수행 중에 돈을 벌기 위해 모험가 흉내를 내던 시절에 만났던 사람이다.

확실히 처음 만난 게…… 언제였더라. 내가 기껏해야 S랭크 정도일 무렵이니까, 아마 사룡 아만타와 싸운 뒤였을 것이다.

그때는 이 아저씨도 모험가였고…… 파티가 전멸 위기에 처해 있던 것을 도와주었던가.

이 아저씨가 B랭크에서 A랭크가 되기 위한 공적인 갖가지 마물 토벌은…… 대부분 내 덕분이었다.

"와우, 오랜만이야, 아저씨."

"오, 오, 오늘은 어떤 용무로?"

꾸벅꾸벅 고개를 숙이는 아저씨.

옛날부터 이 아저씨는 저자세라니까.

"류토 씨도…… 드디어 본격적인 모험가의 길을?"

"응, 길드 랭크를 조금 올려두고 싶어서."

"아 참…… 감사합니다!"

"응? 왜 갑자기 인사를?"

"당신 정도의 실력자가 저희 길드에 소속되고 싶다는 뜻이지요? 고랭크 모험가를 배출하면 길드 전체의 평가도 올라가기 쉽고, 고랭크 의뢰를 해결하면 수수료도 잘 들어오니까요. 정말 도움이 됩니다."

"그나저나 눈에 띄니까…… 그런 이야기는 아무도 없을 때 해줘."

아저씨가 아아, 하며 고개를 끄덕였다.

그러고는 작은 목소리로 말을 걸었다.

"옛날부터 류토 씨는 눈에 띄는 것을 꺼리셨지요. 알겠습니다."

나도 작은 목소리로 대답했다.

"응, 그러니 제발 그러지 말아줘."

그리고 우리는 굳게 악수했다.

"아, 그래도…… 류토 씨가 이 길드를 선택해주시다니…… 정말 감사합니다."

"하지만……" 하며 나는 난처한 얼굴로 어깨를 으쓱했다.

"그러려고 했는데 아까 길드에 소속될 것을 거절당했어."

아저씨가 의아한 듯 고개를 갸웃했다.

"거절당했다……? 확실히 류토 씨는 나이가 어려서, 첫인상으로 얕잡아 보이는 일도 있을지 모릅니다. 그러나 본 길드에서는 등록할 때 스테이터스 공개가 필수입니다. 저는 류토 씨의 스테이터스를 본 적이 없습니다만…… 뭐, 엄청난 수준인 건 잘 압니다. 그런데 그걸 봤으면서도 거절이라…… 전혀 이해가 되지 않습니다만?"

"아니, 나도 모르겠어. 오히려 범죄자 취급까지 당했다니까."

"범죄자? 류토 씨가? 하지만 그런 식으로 몰아붙인 자가 있다면 길드 마스터로서 그냥 넘어갈 수 없습니다. 처벌해야 하므로 자세한 이야기를 들려주시겠습니까?"

그러며 엘프 직원에게 시선을 보내자 그녀는——.

——다시 커피를 성대하게 뿜었다.

"콜록! 콜록……! 콜록! 콜록콜록콜록!"

다시 직원이 기침하기 시작했다.

"컥! 쿨록! 쿨럭! 커헙……! 헉……! 히익……! 힉……! 후우……! 힉……! 힉……! 후우……!"

조금 전까지 도도한 표정을 짓고 있던 엘프 직원은 다시 보기 흉한 얼굴이 되었다.

또 콧물 엘프로 변하여, 라마즈 호흡법을 필사적으로 반복하여 숨을 골랐다.

커피가 다시 기관지에 들어갔는지, 아니면 콧속으로 들어갔는지…….

크게 숨을 헐떡이다보니, 조금씩 직원의 호흡이 원래대로 돌아갔다.

그리고 직원은 일어나 사무실 안을 종종걸음으로 우회하여 곧장 로비로 나왔다.

그러고는 바닥에 무릎을 꿇고 빌기 시작했다.

"죄, 죄, 죄, 죄, 죄송합니다————————! 설마 길드 마스터의 지인에 진짜 실력자임을 모르고…… 시, 시, 시, 실례했습니다아아아아아아아!!"

로비 전체에 울려 퍼지는 폭음.

우리를 에워싸고 있던 모험가들은 이미 흩어져, 영문을 알 수 없다는 표정으로 멀리서 사태를 살피고 있었다.

그나저나…… 나는 한숨을 내쉬었다.

다소 눈에 띄는 것은 어쩔 수 없다고 각오했다.

다만 쓸데없는 일로 눈에 띌 마음은 전혀 없었다.

모난 돌이 정 맞는다는 말처럼, 세상에는 타인의 발을 잡는 것을 삶의 보람으로 삼는 이상한 사람이 많이 있다.

그러나 이것은 아무리 생각해도 시작부터 쓸데없이 너무 눈에 띈 것 같다.

나는 머리를 싸매며 그 자리에서 쓰러질 듯했다.

그때 길드 마스터 아저씨가 추가로 타격을 입혔다.

"류토 씨? 이 직원의 처분은 어떻게 할까요?"

아니아니아니아니아니아니아니아니!

나에게 묻지 마! 바보냐, 넌!

여기 책임자는 너잖아! 그럼 네가 정해야지!

이 상황에서 나에게 지시를 받으려고 하다니…… 나는 눈에 띄고 싶지 않다고 말했잖아! 누가 봐도 여러모로 들킬 거 아냐!

아니…… 나는 다시 생각을 고쳤다.

이 녀석은 분명 전위를 맡는 강인함이 장기인 전사였다.

근육만이 내세울 것으로…… 미안, 바보라고 생각한 내가 바보였다.

"아무튼 처분은 길드 마스터가 정해야 하겠지. 나는 끼어들 수 없어."

불길한 예감과 함께 주위를 둘러보았다.

나의 시선을 받은 모험가들이 무슨 생각을 했는지 그 자리에 무릎을 꿇고, 직원처럼 엎드려 비는 자세를 취했다.

"죄송합니다──! 류토 씨를 범죄자로 착각하여, 한순간이라도 붙잡으려고 해서──── 정말 죄송합니다아아아아아아아아!"

과연 손득만 계산하여 목숨을 부지하는 모험가다웠다.

지금 대화만으로 정확히 이 자리에서의 권력 관계를 완전히 이해한 모양이다.

아까까지 사람을 범죄자 취급하고, 길드의 평가를 노리며 입맛을 다시면서 천박한 미소를 짓고 있더니…… 타산적인 녀석들이라고 해야 할까.

그보다…… 아아아아아아아아아아아아아…… 아, 젠장! 귀찮게시리!

"일단…… 자리에서 일어나줘."

고개를 숙이며 내린 지시에 직원과 모험가들 모두 순식간에 일어나 차렷 자세를 취했다.

어떻게 하면 좋을까 생각하는데, 길드 마스터가 직원의 눈앞에 우뚝 섰다.

"류토 씨? 이 자의 처분은 제가 정해도 정말 괜찮겠습니까?"

"나한테 묻지 말라니까…… 네가 정해. 책임자는 너잖아?"

내가 질린 얼굴로 그렇게 대답하자, 길드 마스터는 직원을 찌릿 노려보았다.

"상황은 이해했으리라 생각하는데—— 해고다."

즉시즉결이구만.

너무 결단이 빠른 경영자야.

——샤〇 전용 자쿠도 놀랄 속도라고!

통상의 세 배 속도 정도가 아니라…… 아니, 단도직입에도 한도가 있다.

대체 이곳은 얼마나 블랙 기업인 거야.

"세상에…… 용서해주십시오! 기, 기, 길드 마스터! 관대한…… 관대한 조치를! 저에게는 아프신 어머니가 있어서…… 월급을 받지 못하면…….""

눈물을 머금고 직원이 애원했다.

그러나 길드 마스터는 상대하지 않았다.

"이것은 길드 마스터로서의 결정이다. 누가 뭐라던 나의 이 결정은 물릴 수 없어."

아아…… 정말 성가시다.

하지만 아저씨는 길드 마스터라는 자리에서 결정했다고 단언했으니까.

직책이나 입장을 제외하고, 이 아저씨의 개인적인 문제였다면 내가 껴들어도 어느 정도 융통성을 발휘했을 것이다.

그러나 입장을 전면으로 내세우며 해고한다고 단언해버렸다.

내가 무슨 말을 하던 이렇게 된 이상 길드 마스터도 물러나기 힘들 것이다.

그야 자신의 직함을 걸고 공적으로 결단을 내렸으니 철회하는 것도…… 그것은 그것대로 힘든 일이기 때문이다.

그러나 역시 나는 이 정도의 일로 해고하는 것도 내키지 않았다.

일단 어디까지 아저씨를 설득할 수 있을지 모르지만, 할 수 있는 만큼 설득해볼까.

"저기, 아저씨? 해고하는 건 취소하지 않겠어?"

"네, 취소하겠습니다. 바로 취소하겠습니다. 해고는 곧 철회하겠습니다. 모두 류토 씨가 원하시는 대로!"

빨라!

"누가 뭐라던 이 결정은 물릴 수 없다"고 방금 전에 말했으면서!

대체 이 대화를 보던 주위 모험가가 무엇을 생각할 것이며, 앞으로도 이 일을 질질 끌고 와 있는 일 없는 일을 소문낼 거 아니야, 이 바보!

그때 릴리스가 어쩔 수 없다는 듯 어깨를 으쓱하며 끼어들었다.

"……정말이지…… 류토는 미인에게 약해. 아마 아픈 어머니……라는 말에 마음이 움직였겠지만…… 그것도 어디까지 사실일지 수상할 따름이야."

뭐, 약한 것은 인정한다.

다만 딱히 미인 한정인 것은 아니지만.

"……길드 마스터?"

"오오, 릴리스 아가씨잖아, 오랜만인걸? 여전히 조그마한데 키는 좀 컸나?"

갑자기 말투를 바꾼 길드 마스터의 모습에 나는 쓴웃음을 지었다.

확실히 아저씨가 처음 릴리스와 만났을 때는 릴리스보다도 아저씨가 강했지만, 지금은 아마 힘의 관계가 역전되어 있을 것이다.

하지만 그 점은 아저씨도 알면서 일부러 그러는 건가?

옛날부터 알던 사이니, 갑자기 태도를 바꾸면 그것도 이상하다고 생각하는 모양이다.

그것은 차치하고, 릴리스가 불쾌한 듯 한숨을 내쉬었다.

"……직원의 처우. 나는 납득하지 않았어. 류토가 해고하지 않아도 된다고 했어. 그러니 그건 괜찮아. 하지만……."

"하지만?"

"……접수하는 일로, 우리 시야에 들어오는 일은 없었으면 좋겠어. 솔직히 이 여자가 시야에 들어온 것만으로도 불쾌해. 사무실 구석이나, 아니면 한직으로 쫓아내는 게 좋아."

아차, 역시 릴리스는 화가 났구나.

그러나 나도 짜증이 난 것은 사실이니, 지금은 끼어들지 말고 가만히 있을까.

잠시 생각하던 길드 마스터가 동의했다.

"그래, 긍정적으로 검토해둘게, 아가씨. 진지하게 말하자면, 류토 씨와 아가씨의 스테이터스를 확인도 하지 않고 무턱대고 사칭이라 주장하며 범죄자 취급하다니…… 접수처 직원으로서 부적절하다고 판단하지 않을 수 없는 것도 사실이니까."

그렇게 우리는 스테이터스 측정을 마치고 길드 등록을 끝냈다.

──이리하여 우리는 F랭크 모험가가 되었다.

코델리아와
간사이렌고
전편

"I am a villager, what about it?"
Story by Arata Shiraishi, Illustration by Famy Sirasa

"이거 심한데."

간사이렌고라 불리는 성기사단의 주둔지는 숨이 막힐 듯한 술 냄새가 진동했다.

전쟁이 끝난 전승회도 아니면서……, 나는 가벼운 두통을 느꼈다.

기사단장의 집무실로 향하여 걸어가고 있었으나, 두통이 점점 심해졌다.

애초에 기사단의 주둔지 내에서 낮부터 당당하게 술자리가 열리는 것도 이상하다.

나아가 비번도 아닌 기사로 보이는 무리가 술을 마시고 있는 것도 매우 이상하다.

그리고—— 나는 너무나 큰 충격을 받아 그 자리에 멈춰서 재차 확인하지 않을 수 없었다.

가게 밖이므로 그리 잘 보이지 않았다.

그러나 틀림없이 근무 중인 장교 같은 기사가 주둔지에서 놀랍게도 창녀처럼 보이는 여자를 거느리고 술을 마시고 있었다.

아니, 백 번 양보해서 술은 모르는 바도 아니다.

마물 도벌 등의 원정에서 큰 승리를 거두고 돌아가는 길이라면…… 가끔은 마음껏 즐겨도 될 것이다.

하지만 여자라니……?

전투요원이 아니라, 딱 보아도 창녀임을 확실히 알 수 있는 여자가 주둔지에 있다고?

그런 생각을 하며 모퉁이를 돌고난 뒤—— 그곳에서 나는 너무나 큰 충격에 머리가 아찔하여 그 자리에서 쓰러질 뻔했다.

기사단의 주둔지에 당당하게 성매매 업소가 있으니, 그야 쓰러질 뻔하는 것도 무리는 아니다.

그 컬처 쇼크란 그야말로 대단했다.

딱히 나도 그런 것은 부정하지 않는다.

베고 때리는 전장을 살아가고 있으므로, 생존욕구의 생리현상으로 어떤 의미로는 필요하다고도 생각한다.

하지만 이런 것은…… 몰래 가까운 마을에서 해결하는 것이 보통이다.

공식적으로 주둔지 내에 허락된 것은 보통 식당 등에서 밤에 벌어지는 조용한 행사인 술자리 정도일 것이다.

심지어 이 기사단은 성기사단이다.

일반적인 기사단보다도 규율을 중시하지 않으면 신도들에게 좋은 본보기가 되지 못한다.

거기서 나는 더욱 충격적인 광경을 목격했다.

"뭐야…… 이거……?"

그 자리에서 토기가 치밀어, 나는 휘청거리며 쓰러질 것 같아 한쪽 무릎을 꿇었다.

성매매 업소 옆에 공중변소라는 입간판과 함께 반라의 소녀들이 사슬로 이어져 돗자리 위에서 떨며 앉아 있었기 때문이다.

피부색으로 보아 우리와는 다른 교권의 소녀들이다.

성노예로 보이는 자들의 관리체제가 상당히 혹독한 모양이다.

이쪽까지 애액과 정액이 섞인 칵테일의…… 썩은 냄새가 은은하게 퍼지는 느낌이 들었다.

"생각하고 싶지도 않지만…… 이 기사단은…… 전투원의 포로를 억지로……? 아니, 하지만 그건 아무래도 문제가……."

타국의 국민을 성노예로 파는 행위는 일정한 조건 하에서는 인정된다.

전쟁의 강화조약에 금전 대신 농노나 성노예를 요구하는 일도 있을 정도로 현실은 비정하다.

그렇다고 해도 최소한의 규칙은 있는데…….

"무슨 야만인가? 이런 게 군대라니…… 나는 인정할 수 없어."

"어머나. 말이 너무 심하네……."

그 자리에서 한쪽 무릎을 꿇은 나에게 손을 뻗은 사람은 여자 기사였다.

나이는 아마 나보다 두 살이나 세 살 위로, 얼굴은 분명 미형이라 부를 만했다. 아무튼 스무 살이 되지 않은 것은 확실하다.

나는 그대로 내밀어진 손을 잡고 일어나려고 했다.

"고맙습니다. 조금 어지러워서……."

"그런데 정말 말이 너무 심하더라……."

여기사가 나에게 내민 자신의 손을 도로 물렸다.

스르륵 손이 빠져 나가, 체중을 의지할 곳을 잃은 나는 버팀목이 없어져 그 자리에서 넘어지고 말았다.

"이곳에 규칙 따위는 아무것도 없어. 굳이 말하자면 자유롭게 지내는 것이 규칙. 따라서 다툼이나 문제가 생겼을 때에는……

나라는 존재 그 자체가 이곳에서 절대적인 법률이 돼.”

“……당신은?”

“성교회 비공식 사교섬멸대…… 성기사단── 간사이렌고. 그곳의 단장. 코델리아=올스톤 맞지?”

단장……?

이 무법지대를 만든 사람이…… 이 젊은 여자라고?

“네. 코델리아라고 편하게 부르셔도 괜찮습니다. 실례지만 성함이?”

“정식 명칭은 18년쯤 전에 버렸어. 이름은 없다. 그렇다고 무명이면 여러모로 불편하니까. 그러니…… 뭐, 편의상 주위에서는 제로라고 불러.”

“제로입니까?”

“아무튼 이곳이 어떤 기사단인지…… 알고 왔나?”

“저도 소문으로 들은 적은 있습니다만…….”

실제로 이곳에 와서 생각한 바가 있다.

보통 소문에는 과장된 면이 있지만, 이 기사단에 한해서는 소문이 모두 사실일 것이라는 점이다.

솔직히 주둔지 내에서 포로를 공공재처럼 거리낌 없이 다루고 있을 줄은 몰랐다.

“대체로 그 소문이 맞을 거야. 뭐, 이래봬도 모두 최소한 B랭크 이상이고 S랭크도 드문드문 있으니까…… 신성교회가 소유한 전력 중에서도 손꼽히는 기사단이라고?”

“하지만 행실이 너무 나쁜 탓에 겉으로는 존재하지 않는 부대

아닙니까?"

"맞아. 그래도 뭐, 아무튼 코델리아."

제로 씨가 오른쪽을 가리켰다.

"내 집무실은 저 건물이야. 신입과 단장 간의 입단 면접이라는 거지."

아무래도…… 나는 한숨을 내쉬었다.

새로운 파견지는 매우 까다로운 장소인 모양이다.

집무실로 들어가자마자 나는 무심코 작게 비명을 질렀다.

서류며 책이 난잡하게 쌓여 있는 실내에 한 남자가 있었기 때문이다.

"아아, 미안해. 그야 처음에는 놀라겠지, 그건 다트 군이야."

"다트 군?"

"본래는 A랭크 상위의 모험가였는데."

"대단한 실력자 아닙니까? 그런데 어째서…… 이런?"

그에게는 그야말로 다트처럼 온 몸에 페인트로 원형을 겹친 그림이 그려져 있었다.

그리고 새로운 것과 오래된 것, 합쳐서 수천쯤 되는 엄청난 수의 바늘로 찌른 듯한 상처가 피부에 남아 있었다.

꼼꼼하게도 양손에는 골고다의 수갑이 채워져 있어서, 일찍이 무쌍을 자랑했을 터인 모습은 흔적도 없었다.

"어째서? 그건 이 녀석이 범죄자이기 때문이야."

"범죄자……라고요?"

"어떻게 이 녀석이 A랭크까지 올라갔는지 알아? 검을 시작한 지 3년 만에 A랭크가 됐다던데?"

"그 정도로 급격한 레벨 업이라면…… 항상 더 강한 상대를 사냥할 수 있는 사선에 몸을 맡기는 것 외에는 생각할 수 없군요."

"아냐, 아냐. 그런 게 아냐. 참고로 코델리아는 안전한 범위 내에서 훨씬 약한 마물을 꾸준히 사냥했다던데?"

"6년입니다. 그래서 제가 A랭크 상위 수준인 것일까요."

"그래도 평범한 모험가와 비교하면 위협적인 속도로 레벨 업을 한 거지만."

"하지만 이 사람은 저보다도…… 훨씬 빨라요. 대체 어떻게?"

그러자 제로 씨가 다트를 손에 들고, 전라의 남자 왼쪽 허벅지를 향해 던졌다.

"꺄아!"

새된 비명을 지르는 남자를 보며, 제로 씨…… 아니 제로가 추악하게 웃었다.

"재미있는 목소리를 내지? 밤에는 술자리에서 우리 기사단 멤버들에게 인기가 많다고."

"고약한 취미네요."

"정말 넌 표현이 거침없구나. 어쨌든 이 녀석이 어떻게 단기간에 레벨을 올렸는지…… 알려나? 응? 코델리아 넌 모험가 사냥이라는 말 알아?"

과연…… 나는 납득했다.

왜 이 남자가 최악의 대우를 받고 있는가.

그리고 어떻게 급속하게 강해졌는가.

이 두 가지의 의문에 모험가 사냥이라는 말은 너무도 충분한 대답이었다.

"고랭크 모험가 파티를 따라다니며, 마물 토벌 후에 피폐해진 때를 노려 기습하는 거로군요."

"그거야. 마물보다도 인간은 경험치 효율이 훨씬 좋다고 하니까. 게다가 자신보다 강한 상대라도 지친 틈을 노리면 간단하다는 거지."

비열하기 짝이 없는 행위이므로, 혹시 들킬 경우 사지를 잘라 구경거리로 만드는 일도 있다.

이번 재판에서 내린 형벌은 장난감으로써 이곳 기사단에게 보내진 것인 모양이다.

"사교도들의 집락에 이 녀석의 얼굴이 지명수배자로 올라와 있어서 웃음이 나더군. 그래서 그대로 여기까지 강제로 연행했지."

"응……? 이 남자는 포로입니까?"

"그런데? 이렇게 우리가 악당을 혼내주고 있는 거야."

"사적인 형벌은 그야말로 범죄입니다. 죄인은 당장 사법기관이나 길드에 인도하지 않으면……."

"그러니까 아까도 말했잖아?"

"…………?"

"여기서는 내가 법률이야. 하얀 것도 검게 되고, 검은 것도 하얗게 돼. 나는 그럴 권한을 받았다는 뜻이지. 이제 포로의 성노예를 보러 가지 않겠어? 그건 그냥 일반인을 잡아왔을 뿐이거든?"

"일반인? 포로조차 아니라고……? 민간인을 납치했다는 뜻입니까?!"

제로의 발언에 나는 이 날 가장 큰 충격을 받았다.

그래서는 무장 강도 집단과 전혀 다를 바가 없다. 이 기사단은…… 거친 것을 넘어 그저 범죄자 집단이 아닌가?!

"어라. 코델리아가 들은 소문은 좀 자제한 내용인 모양이네? 우리가 하는 짓은 너무 잔혹해서…… 다들 거짓말이라고 생각하여 축소하는 경향이 있으니까. 보통 소문이란 부풀려져 과장되기 마련인데."

제로는 전라의 남자에게 다가가, 검집에서 검을 뽑았다.

그리고 전광석화 같은 움직임으로 골고다의 수갑을 잘라냈다.

그대로 남자의 목덜미를 잡더니, 창문을 향해 내던졌다.

"무슨 짓을…… 하는 겁니까?"

쨍그랑 창문이 깨지는 소리가 주위에 울려 퍼졌다.

밖은 광장이었다.

남자는 창문 파편 속을 데굴데굴 굴러가, 금세 피투성이가 되었다.

이어서 제로는 자신이 손에 들고 있던 검을 바닥에 쓰러진 남자를 향해 던졌다.

"이봐, 코델리아? 경험치로 들어가는 건 여러모로 조건이 있어. 최소한 무장 정도는 시켜주지 않으면, 이 세계에서는 전투로 인정되지 않아. 당연히 경험치도 얻을 수 없지. 정말 게임 같은 세계야."

"게임……? 그건 당연한 일 아닙니까?"

"뭐, 이 세계에서 태어나고 자란 코넬리아에게는 그게 당연한 말이겠지만. 하지만 사실은 이거 꽤나 이상한 일이라고?"

"무슨 말을 하는지 모르겠습니다. 그런 것보다도 저 남자를 어떻게 할 생각입니까?"

"어떻게 하고 뭐고…… 그보다 코넬리아는 어떻게 할 건데?"

제로의 시선 끝에는 골고다의 수갑에서 해방되어…… 검을 들고 감개무량하며 포효하고 있는 전라의 남자가 서 있었다.

"A랭크의 죄인이 무기를 들고 해방되었잖아? 뭐, 당연히 도주를 꾀하겠지. 하지만 여기 입구까지 도달할 때까지 장해물이 될 고기 벽이 잔뜩 있거든. 기사단원은 물론이고, 매춘부들도 잔뜩 있어. 필연적으로 장해물 제거를 위해 피의 비가 내리겠지."

"무슨 말을 하는 겁니까? 그것은 모두 제로 씨가 한 일의 결과 잖아요?"

제로가 슬쩍 미소를 지었다.

"단장에게는 단원에게 즐거움을 제공할 의무가 있거든. 여기서는 힘이야말로 정의야. 자, 입단 시험 대신…… 먼저 죄인을 베도록 할까?"

지금 당장 제로를 때려눕히고 싶지는 않지만, 남자는 이미 입구를 향해 달려가려고 하고 있었다.

확실히 제로가 말하는 대로 이 자리에서 처리하지 않으면, 일반인의 헛된 피의 비가 내리게 된다.

"젠장……."

나는 깨진 창문을 통해 광장으로 뛰쳐나가서, 전라의 남자를 쫓기 시작했다.

내가 남자를 쫓기까지 1분쯤 시간이 걸렸다.

그 사이에 남자의 진행방향에 있던 것만으로 죽은 사람의 수는 모두 열 명이다.

자세하게 말하자면 비전투원인 창부가 아홉 명에 맨몸이었던 기사단원 한 명이다.

"자세는 아류 같네."

부도덕한 레벨 업 방식 때문인가, 역시 검을 쥐는 법이 이상했다.

"그쪽은 완벽한 정통파 같네. 어릴 때부터 꾸준히 검을 연습했나 봐."

말을 마치기 전에 남자가 바로 위에서 검으로 내리치려고 했다.

흐르는 물처럼 움직여 검격을 받아넘겼다.

그와 동시에 백 스텝으로 거리를 벌렸다.

손이 찌릿찌릿 저렸다. 막무가내인 솜씨지만, 스피드와 파워는 괜찮았다.

정신을 집중하여 나는 버서커 모드를 발동시켰다.

오거 사건 덕에 나의 레벨도 올라갔다.

그냥 싸워도 이 녀석을 쓰러뜨릴 자신 있다. 그러나 여기서 괜히 시간을 끌 필요도 없다.

그때 주위가 술렁거렸다.

"하하, 넌 1분 이상에 은화 다섯 개였지?"

"젠장……! 좀 더 상황을 봤어야지, 암컷 꼬마! 단숨에 끝내지 말라고!"

"아싸! 나는 한 방을 노리고 30초 이내에 은화 스무 개를 걸었어! 어서 해치워!"

이놈들…… 설마 돈을 걸었나?

여기저기 사체가 늘어선 이 상황에?

백 번 양보해서 창부의 사체에 동요하지 않는 것은 알겠지만…… 동료도 한 명 죽었는데?!

심지어 저들에게서 나는 이 냄새…… 술뿐만이 아니다.

이것은 대마초를 피운 냄새다.

주둔지에서 마약이라니…… 도대체 뭐가 어떻게 된 거야?!

이제 뭐가 뭔지 영문을 모르겠어!

내가 동요한 틈을 노리고, 남자가 맹렬하게 달려 거리를 좁혔다.

가볍게 페인트를 넣어, 나는 대각선 앞으로 나아가는 형태로 사이드 스텝을 밟으며 검을 휘둘렀다.

획.

바람을 가르는 소리와 함께 전라의 남자의 경동맥을 잘랐다.

"컥…… 하악…….'

남자가 쓰러지자마자, 환호성과 비명이 주위에 울렸다.

"우와아아아아아아! 은화 서른 개를 날려버렸다아아아아아!"

"좋아! 오늘은 내가 산다! 횡재했으니까!"

"자는 틈을 타서 다 같이 덮칠 테니까! 이 망할 꼬마!"

주머니에서 종이를 꺼내 엉겨 붙은 피를 닦았다.

관중들에게는 눈길도 주지 않고 나는 제로의 방을 향해 걸음을 옮겼다.

중간에 내기에 진 무리가 빈 술병을 던졌기에 공중에서 베어버렸다.

찌릿 노려보자, 두려워하기는커녕 "화난 얼굴이 끌리는데. 하룻밤에 은화 다섯 개 어때?" 하며 천박한 미소를 지으며 그런 말을 걸었다.

뭐야 여기는…… 하며 두통이 점점 심해졌다.

——인정할 수 없다.

나는 이런 곳이…… 이런 무리가…… 군대라니 절대 인정할 수 없다.

제로의 방으로 들어가자, 제로가 짝짝 박수를 치며 나를 맞이했다.

"이거 참, 꽤 하는데. 곱게 자란 것 치고는. 정말 놀랐어."

"무슨 소리야? 이고 기사단에는 나보다 더 강한 사람도 몇 사람이나 있다며?"

"아냐, 아냐. 딱히 코델리아의 역량에 놀란 게 아냐. 망설이지 않고 인간 한 마리를 베어낸 거 말이야."

"뭐…… 지금까지 몇 번인가 상금이 걸린 무장 강도단과 싸운 경험도 있으니까."

그러자 제로가 크게 고개를 끄덕였다.

"그럼 앞으로도 이런 식으로 코델리아는 훈련 메뉴를 정해주도록 하겠어."

"이런 식이라니……?"

"눈치가 없네. 코델리아는 강화 프로그램의 일환으로 여기 왔잖아? 그러려면 인간을 죽이는 일이 경험치 효율이 좋잖아."

등에 오싹 소름이 돋았다.

"그러니까 앞으로 여기서 내가 해야 할 일은?"

제로가 히죽 웃으며 말했다.

"당연히 인간 사냥이지."

"인간 사냥?"

"그래, 조금 표현이 잘못됐나. 사교도 사냥이야. 아무튼 우리 일은 종교상 대립하며 엉망이 된 분쟁지역의 사교도들 섬멸이니까."

"…………."

"응? 왜 그래?"

"사교가 아니라, 이교입니다. 현재 세계 국가 연합체에서는 종교나 종족에 따른…… 공식적인 차별과 폭언은 권장하지 않습니다."

"나의 말에 제로가 즐거운 듯 입가를 올렸다.

"나에게 반론이라니……. 과연, 과연. 소문대로 말괄량이인가보네."

"이 기회에 말해두겠습니다. 이곳은 도무지 용사 강화 프로그램 일환의 연수 장소로써, 저를 받아들일 기사단이라고 생각할 수 없습니다."

"코델리아? 그런 말을 하는 의도는?"

"용사는 위정자에게 단순한 힘뿐만이 아니라, 대의명분을 위한 상징이기도 합니다. 이곳에 소속되면 용사의 경력이 완전히 더럽혀지고 맙니다. 이번 강화 프로그램으로 이곳이 선택된 까닭은 무언가 착오가 있었다고 생각합니다. 당신의 산하에 들어가는 것은 일단 중앙에 확인해야 하므로…… 당분간 떠나도록 하겠습니다."

솔직히 이런 천박하며 야만적인 곳에는 단 일 초도 머물고 싶지 않다.

"그럼 실례하겠습니다."

짧게 인사하고 나는 몸을 돌려 문으로 향했다.

"잠깐 기다려. 확실히 이곳은 용사의 교육기관으로 적절하지 않아. 다만, 전투 머신의 교육기관으로는 적절해. 무슨 뜻인지 알겠어?"

그 말에 나는 뒤를 돌아보았다.

"무슨 뜻일까요?"

"너…… 뒤에서 뭐라고 불리는지 알아?"

"버서커(흡혈희)."

"그거야. 용사로서, 전쟁이 일어났을 때 무거운 세금을 뜯어내기 위해 민중을 설득해야 할 우상, 영웅으로서의 코델리아의 가치는 떨어졌다는 뜻이지."

"이미 나는 버려지고 말았다……는 건가."

제로의 말뜻이 쉽게 이해되었다.

그야 스스로도 언젠가 이런 날이 올지도 모른다고 생각했으니까.

다만 그것이 지금일 줄은 몰랐기에…… 다소 충격은 받았지만.

"이해가 빨라서 다행이야. 나는 돌려 말하는 걸 싫어하거든. 적어도 높으신 양반들에게 지금 너의 이용가치는…… 바로 버서커야. 뭐, 지금은 순수한 전력으로 잠재력만을 인정한다는 거지."

"그렇군요."

"조금 더러워져도 되니까, 아무튼 즉시 단련시키라고. 그런 주문이 내려왔어. 어쨌든 사람을 죽이는 데 저항감은 없는 모양이니 잘 됐네. 거기부터 걸리기 시작하면 너무 귀찮아지니까."

나는 손으로 턱을 문질렀다.

어떻게 해야 할지 생각했지만 대답은 나오지 않았다.

조금 생각한 뒤 내가 알게 된 점은 단 하나뿐이었다.

아무튼 매우 내키지 않지만 당분간 이곳 기사단에 머물어야 한다는 것……이다.

수인의 딸

"I am a villager, what about it?"
Story by Arata Shiraishi, Illustration by Famy Siraso

나와 릴리스는 길드 마스터의 방으로 눈에 띄지 않게 안내받았다.

방은 약 열 평 크기로, 놓여 있는 가구들이 꽤 고급품이었다.

벽에는 그림이 걸려 있고, 심지어 반라의 여신 조각까지 장식된 수준이다.

정확히 말하자면, 이 아저씨의 대우는 상당히 좋다는 뜻이다.

"류토 씨의 목적은 무엇입니까?"

"되도록 눈에 띄지 않으면서도 빠르게 A랭크 모험가가 되는 거야."

그러자 아저씨가 고개를 끄덕였다.

"그럼 제국 길드의 총본부에 연락을 해보죠."

자신만만한 아저씨의 표정에 나는 약간 불안해졌다.

A랭크 전사라면 무식함의 대명사이다. 혼란이나 매료에 제일 먼저 걸려버리므로 솔로 플레이가 불가능하다.

파티를 짤 때에는 먼저 이들의 상태이상 레지스트를 생각해야 하며, 각 파티의 고민거리이기도 하다.

뭐, 그래도 방패로써 파티에 가해지는 온갖 불씨를 선두에 서서 온몸으로 받아내는 든든한 존재이기도 하지만…… 어쨌든 대단한 바보이다.

그런 아저씨가 자신만만한 표정을 지으니 불안하지 않은 것이 이상하다.

오히려 불안 이외에 무슨 마음이 드나 싶어 나는 한숨을 내쉬었다.

"연락한다고? 뭘?"

"이 부근에 A~S랭크 상당의 최고난이도의 토벌 의뢰가 없을까 하고요. 그것을 몇 번 해내면 류토 씨는 금세 당당하게 A랭크가……."

나는 즉시 고개를 가로저었다.

"그건 너무 눈에 띄잖아."

"그러면요?"

"너도 이해력이 부족한 녀석이구나……."

이 이상 설명하기도 귀찮다. 이래서야 길드 마스터의 보좌 역할…… 이곳의 넘버2도 매우 곤란할 것이다.

뭐, 끔찍할 만큼 머리가 약하니까 지난번에는 대리로 써먹었지만.

공적은 아저씨, 포상금은 나.

그런 식의 원-윈 관계였다.

그보다 공적을 떠넘겼다고 표현하는 게 더 맞을까. 그런데 본인은 전혀 그 사실을 눈치채지 못하고, 나를 숭배의 대상으로 삼았다고나 할까…….

"그러니까 그건 너무 눈에 띈다고."

나는 아래층 로비에 붙어 있던 의뢰 용지 중 하나를 주머니에서 꺼냈다.

"B랭크 인신매매…… 뒤에서는 성노예 상인을 고용한 비합법적인 도적단의 토벌이야."

"류토 씨는 그 일을 맡으려고요?"

"아니, 아니야. 뭐, 기분 나쁘니까 도적단 자체는 내가 없앨 거지만."

고개를 저으며 또 다른 종이를 꺼냈다.

"도적단 토벌 의뢰의 하위 의뢰로 잡혀간 여자 중 일부를 팔려가기 전에 탈환하라는 의뢰야. 본래는 잠입해서 탈주를 돕거나 혹은 도적단과의 교섭으로 대가와 함께 노예를 해방…… 그런 의뢰지."

그때 이해가 되지 않는다는 듯 길드 마스터가 어깨를 으쓱했다.

"도적단의 괴멸이 아니라…… 잡혀간 여자의 탈환입니까?"

"응, 맞아."

나는 릴리스에게 시선을 보냈다.

"이봐, 릴리스? 이 의뢰는 나 혼자 받을게. 대신 부탁하고 싶은 게 있어."

길드 마스터의 비서가 내준 허브티가 릴리스는 마음에 든 듯했다.

말을 걸 줄은 전혀 예상하지 못했는지, 조금 놀랄 듯 눈을 크게 떴다.

"……뭔데?"

"시나리오는 이래."

"……시나리오?"

"응. 사람을 찾던 나는 도적단의 아지트를 멀리서 정찰하고 있었다. 그때 우연히…… 지나가던 정체불명의 대단한 마법사가 도적단의 아지트를 철저하게 짓밟는 상황과 조우하게 된다."

"……가면이 필요할까?"

"변장까지는 안 해도 될 거야. 다만 이름을 밝히지는 말라고?"

릴리스가 고개를 끄덕였다.

"무슨 말입니까?"

아저씨의 질문에 나는 질린 말투로 대답했다.

"하이랭크 모험가의 역린을 건드린 도적. 하지만 무슨 까닭인지 하이랭크 모험가에게는 남 앞에 나갈 수 없는 사정이 있다. 모험가는 공적을 방치. 하지만 도적의 포로와 사체는 그곳에 널려 있다. 그때 당당하게 등장한 나는 넝쿨째 굴러온 호박…… 한마디로 공적은 나의 것이 되는 거야. 뭐, 이미 충분히 눈에 띄기는 하겠지만, 아무래도 직접 B랭크 도적단을 괴멸시켜버리면 너무 눈에 띌 테니까."

"그렇군요. 적어도 다른 사람에게는 그 내용이 통하겠군요."

"그래, 맞아. 다소 눈에 띄어도 괜찮겠지만, 이 정도가 아슬아슬하게 허용 범위 내라는 거지."

솔직히 말하자.

나는 아저씨의 말대로 S랭크 이상의 국가 단위로 대처할 법한 토벌 의뢰를 받아도 상관없다.

릴리스가 동행하는 것은 약간 불안하지만…… 뭐, 인간계 수준이라면 애먹는 일은 없을 테고, 릴리스의 레벨링에도 딱 좋을 것이다.

그러나 현 시점에서 내가 코델리아를 크게 뛰어넘어서는 안 된다.

──다른 환생자라는 불확정 요소도 있고.

실제로 코델리아는 아만타 전에서 내가 아는 코델리아보다도 약해졌는데…… 그것은 내 탓이다.

반대로 그때 나에게 열등감을 느낀 코델리아는 버서커 모드를 습득하여 내가 아는 역사보다도 현 시점에서는 강화되어 있다.

따라서 결과적으로는 잘 된 부분도 있지만.

어쨌든 나는 아슬아슬한 선까지 세계의 커다란 흐름에 개입하고 싶지 않다.

최악의 경우 코델리아가 나에게 의존해버리며 한심할 만큼 약체화될 수도 있다.

평범하게 성장하면 용사는 용사로서 전장을 종횡무진 누빌 수 있다.

그러면 그리 간단히 죽는 일도 없다.

그럼 코델리아는 무슨 일이 있어도 내가 달려갈 때까지의 시간을 벌 정도의 실력은 되겠지.

어디까지나 나는 조커 카드이며, 인류의 에이스 카드는 코델리아다.

따라서 나는 되도록 뒤에서 나서지 않도록 해야 한다.

"……그건 그렇고…… 류토?"

"응? 왜 그래?"

"……나에게 검을 가르쳐주면 좋겠어."

릴리스가 이런 말을 하는 의도를 파악하지 못하고 나는 고개를 갸웃했다.

"갑자기 왜?"

"……코델리아=올스톤. 그런 막무가내인 인간을 나는 지금까지 본 적이 없어. 재능이 넘치면서…… 그런데……."

"하긴" 나는 동의했다.

"나아가 재능에 안주하지 않고, 그 녀석은 우쭐대는 일 없이 늘 향상심을 갖고 밤낮으로 고된 수련에 열중하고 있지."

"맞아" 릴리스가 고개를 끄덕였다.

"……인정하고 싶지 않지만 나와 그것은…… 틀림없이 재능은 저쪽이 위."

"안심해. 너도 충분히 여러모로 이상하니까."

"……류토의 종자라면, 초현실적인 것이 오히려 스타트 라인이야."

"그건 넘어가고, 솔직히 말해서 지금 너와 코델리아 중 누가 더 강하다고 생각해?"

잠시 생각하던 릴리스가 천장을 올려다보았다.

"……용마법을…… 아니, 나아가…… 류토에게 금지당한 술법을 완전히 해금하면 내가 훨씬 강할 거야."

"그렇겠지."

릴리스의 말에 나는 바로 동의했다.

"……하지만 언젠가 추월당해. 그것도 그리 멀지 않은 미래에."

"그렇겠지."

역시 나는 릴리스의 말에 바로 동의했다.

"……그리고 나는 원거리 마법 특화형…… 근거리에서 그 여자에게 잡히면 거기서 끝."

"그래서?"

"……그렇기에 검술을 가르쳐줬으면 좋겠어. 거리가 좁혀졌을 때, 맞서지 못해도 돼. 거리를 다시 벌리기 위해서…… 대처할 수 있는 방법을 가르쳐줘."

"아아, 딱히 상관은 없는데."

릴리스가 손가락을 세 개 폈다.

"세 시간…… 그 시간 동안 정말 간단한 기초를 가르쳐줘. 그 뒤에는 실전으로 훈련하려고 해."

나는 그 말에 어안이 벙벙하여 입을 떡 벌렸다.

릴리스가 지금부터 무엇을 하려고 하는지 바로 이해했기 때문이다.

"너……?"

"……왜?"

"이 근방의 주민을 떨게 하는 도적단을 세 시간 훈련한 검술만으로 괴멸시키려는 거야?"

매우 진지한 표정으로 릴리스가 고개를 끄덕였다.

"……그래. 단, 나는 신중한 성격. 미스릴 소드와 아다만타이트 경갑 정도의 레어 아이템은 사용할 생각이야."

그때 길드 마스터가 호쾌하게 웃으며 끼어들었다.

"하하, 아가씨. 그건 무모해. 상대는 단순히 B랭크 토벌 난이도의 도적단이 아니라고? D~B랭크 하위까지 갖춘 스무 명이 넘는 집단으로…… 필연적으로 무리로서는 B랭크 최상위에 달하니까."

"아니, 아저씨…… 그게 아니야. 내가 말하려는 건 너무 눈에 띈다는 거야. 최악의 경우 마법 메인으로 간다면 릴리스는 프리 어뎁트 칭호도 갖고 있으니, 들켜도 그 정도의 토벌 실적이라면 설명할 수 있어. 릴리스는 아저씨가 알던 때보다도 훨씬 레벨을 올렸으니까. 가호도 붙어 있어서, 마법사면서도 근접전에 필요한 스테이터스가 상당히 높아. 즉……."

"즉?"

"지금 이 녀석이라면 B랭크 하위 검사 한 명이 상대일 경우, 괜 찮은 레어 장비를 갖추면 아마 가능하다고나 할까…… 이길 수 있어."

──가녀린 소녀였다.

가는 손발에 하늘색 머리카락.

끌어안으면 부러질 것만 같은 작은 몸.

한없이 투명한 하얀 피부는 건드리면 부서질 듯한 연약하고 깨 질 것 같은 인상을 주었다.

마법사의 모습이 훨씬 더 어울리는 그녀가 장비한 것은 미스릴 소드와 아다만타이트 경갑이다.

말할 것도 없이 초가 붙을 레어 아이템으로, A랭크 모험가가 아니면 그리 간단히 소지할 수 없는 물건이다.

그녀가 종자를 데리고, 나를 고용한 도적단의 아지트── 동굴 을 습격한 것은 수십 분 전의 일이었다.

"적은 두 사람이다! 여자가 한 사람에 남자가 한 사람! 참고로 여자는 엄청난 미인이다!"

파수꾼의 목소리가 어두컴컴한 동굴 안에 울려 퍼졌다.

아지트 안의 커다란 방은 금세 벌집을 쑤셔놓은 듯 소란스러워졌다.

"죽여라!"

"여자는 잡아라! 남자는 죽여!"

"죽여라! 죽여라!"

"이봐! 남자도 죽이지 마! 나는 남자도 가능하니까!"

불온한 말을 내뱉으며, 악당들이 한 다스 정도…… 무기를 한 손에 들고 입구를 향해 달려갔다.

"럭셀, 넌 안 가?"

두목이 어이없다는 듯 물었으나, 나 역시 어이없는 얼굴로 대답했다.

"괜찮겠어? 나는 모험가로 따지자면 B랭크에 해당하는 용병이라고? 그런데 두목에게 정식 의뢰를 받아도 되나? 아는 바와 같이…… 난 비싼데?"

두목이 고개를 좌우로 흔들며 과장되게 어깨를 으쓱했다.

"뭐, 너는 보험이다. 나중에 고명한 상금이라도 벌 때에는 확실히 일 해줘야겠어?"

"그래, 받은 돈 값은 해야지."

"그런데 지방 검술대회를 모조리 휩쓸고 제국에 고용되고…… 평민이면서 황제의 근위까지 발탁된 남자가 이런 곳까지 잘도 떨

어졌군.”

나는 말없이 허리에 찬 검자루에 손을 댔다.

“너는 내 고용주다. 너는 내가 마음이 들지 않으면 해고하면
돼. 단, 나도 네가 마음에 들지 않으면 베어낼 뿐이다.”

“농담이잖아. 뭘 진지하게 그래?”

벼슬살이는 부담스럽다.

인간관계에 지쳐 그만두려고 했으나, 상관이 사직서를 좀처럼
받아주지 않았다.

근위병은 귀중한 인재로 구성되어 있으므로, 후임을 찾을 때까
지 그만두지 말라고 했다.

반년 기다렸다.

그럼에도 상관은 사직서를 받아들이지 않았다. 나의 답답함은
한계에 달했다.

따라서 상관을 베고 탈주했다.

제국 내에서 나는 중죄인이 되었고, 조금 살기 힘들어졌다.

그렇게 나는 살인을 생업으로 삼아 살아가고 있으나, 이런 패
거리를 상대하는 것도 지쳤다.

——혼자 마물 사냥이라도 할까.

마물을 길드로 가져가면 소재로 팔린다. 파는 이의 정체는 중
요하지 않다.

다만 문제가 몇 가지 있다.

나의 검술은 대인을 전제로 한 유파로, 스킬도 대인을 전제로
취득한 점.

그리고 나의 사교성이 바닥이라 단체 생활을 할 수 없다는 점.

아마 사냥할 수 있는 마물의 랭크가 매우 낮을 테니, 수입도 적을 것이다.

그래도 아마 괜찮을 것이다.

돈을 버는 효율은 떨어지지만, 딱히 나는 낭비벽이 있는 것도 아니다.

그럭저럭 수입이 들어오면 그에 걸맞은 생활을 하면 된다.

게다가 나의 강함은 진짜다. 돈의 힘에 의지하지 않더라도 대부분의 일은 검만 있다면 어떻게든 해결할 수 있다.

지금까지도 그랬고, 앞으로도 변하지 않을 사실이자 진리이다.

그때 나는 이변을 눈치챘다.

"이상한데."

나의 말에 두목이 고개를 갸웃했다.

"뭔데?"

"비명이 들리지 않아."

아마 조금 전 그들은 이곳에서 내가 조금 걸어간 장소에 있는 큰 동굴에서 침입자를 맞이해 싸우고 있을 터였다.

고함은 들리지만, 적이나 아군에게서…… 비명이 전혀 나지 않았다.

칼이 맞부딪치는 현장에 이것은 너무 어울리지 않은 이상한 현상이었다.

두목은 그레이트 액스를 한손에 들고, 나는 애검인 마검: 블러디 블레이드 자루에 손을 대며 동굴 쪽으로 향했다.

그곳에는 레어 장비를 착용한 하늘색 머리카락의 작은 소녀 검사와 종자로 보이는 소년이 있었다.

정확하게 말하자면 소녀는 열 명이 넘는 무기를 든 폭력배들에게 둘러싸여 있었고, 거의 같은 수의 폭력배들의 사체가 그 자리에 굴러다니고 있었다.

"뭐야, 이 시체들은?! 이게 대체 어떻게 된 일이야?!"

당황하는 두목을 무시하고, 나는 그 자리에서 혼자 사태를 파악했다.

"과연, 비명이 들리지 않은 까닭은 이런 거였나."

굴러다니는 사체들은 더할 나위 없이 깔끔하게 베여 있었다.

즉, 공포나 고통을 느낄 틈도 없이 모두 순식간에 일격으로 당했다는 사실을 의미한다.

나와 두목이 모습을 보이자, 폭력배들의 사기가 조금 올랐다.

"두목님과 럭셀 씨가 왔다! 이제 이길 수 있어!"

"좀 강하다고 우쭐대지 마, 이 망할 꼬마야!"

"두목님께 한심한 꼴을 보이지 마라! 동태를 살피는 건 끝났다! 모두 가자! 죽여라아아아아아아아!"

나머지 열 명이 일제히 소녀에게 돌격했다.

"……흐음."

나는 감탄의 한숨을 내쉬었다.

──아름다운 춤이었다.

달려드는 남자들의 공격을 마치 나비처럼 하늘하늘 피해나갔다.

──아름다운 검섬이었다.

극한까지 쓸모없는 동작을 생략하고, 급소를 미스릴 소드로 차례차례 정확하게 찔렀다.

회피 동작이 공격 동작이 되고, 공격 동작이 회피 동작이 되었다.

모든 움직임에 의미가 있으며, 모든 움직임이 승리의 방정식에 최적의 정답이 되었다.

그래, 이것은 전투라기보다…… 무도.

──사람들은 이것을 검무라고 한다.

형태라는 이름의 시나리오가 존재하는 공개 연무가 아닌 실전에서…… 이 정도 수준의 검무를 보기란 매우 드문 일이다.

이 세상의 것이라 여길 수 없을 만큼 가련하고 아름다운 소녀가 추고 있으니, 아무리 나라도 감탄하는 한숨을 쉬지 않을 수 없다.

순식간에 폭력배들이 전멸하고, 두목은 놀란 나머지 눈을 희번덕거렸다.

"이봐, 거기 소녀?"

나의 질문에 소녀가 엉겨 붙은 피를 종이로 닦으며 귀찮다는 듯 대답했다.

"……왜?"

"신체능력이 대단한데……. 속도만이라면 A랭크 수준이야."

"…………."

"하지만 힘이 약해. 다만 그 점은 무기의 힘으로 충분히 보완한 것 같군."

"…………."

"단, 치명적인 문제가 하나 있어."

"……치명적?"

"검술을 보면 알아. 너에게는 검술을 연마한 경험이 절망적으로 부족해."

"…………."

"아쉽군."

"아쉽다고?"

"어떻게 신체능력을 거기까지 끌어올렸는지는 모르지만, 그것만으로는 진짜에게 통하지 않아."

"……진짜?"

"앞으로 몇 년…… 네가 검술을 연마한 뒤라면, 행여 나와 같은 진짜를 상대로도 맞설 수 있었을지 모르지…… 그러니 아쉽다는 거다. 무인으로서 진심으로 그렇게 생각해."

나는 마검 블러디 블레이드를 검집에서 뽑았다.

"미안하지만 나도 일이거든."

"…………."

나는 입가에 미소를 지으며 검을 들었다.

"자, 덤벼라── 놀아주마."

하늘색 머리카락의 소녀 검사는 낯빛 하나 바꾸지 않고 나를 향해 달려들었다.

교과서대로 위에서 내리치는 공격.

나는 칼날을 마주치는 일 없이 사이드 스텝으로 가볍게 피했다.

소녀가 곧장 다시 공격하여 나의 몸을 수평으로 후려치려고 했다.

——챙.

새된 금속음이 동굴 안에 울려 퍼졌다.

서로 칼을 맞부딪치며 밀어내는 상태였으나, 나와 소녀는 힘의 차이도, 스테이터스도, 순수한 근력도 하늘과 땅 차이가 난다.

이 소녀는 하이랭크 무기의 능력으로 약한 힘을 보완하고, 천부적인 빠른 몸놀림으로 고차원의 전투력을 자랑했다.

하지만 나와 대등하게 힘겨루기는 불가능하다.

소녀도 그것은 바로 깨달았는지, 힘과 힘으로 맞부딪치는 것은 빠르게 포기하고 백 스텝으로 거리를 벌렸다.

잠깐 틈이 생겼다고 방심한 것이 잘못이었다.

볼이 뜨거웠다.

아니, 이것은 열이 아니다. 피다.

싸움터에서 몇 번이나 경험한 칼날에 의한 열상이다.

"투척 나이프인가. 여러모로 능숙하군."

소녀는 백 스텝을 밟으며 동시에 검을 양손에서 왼손 하나로 바꿔 들고, 빈 오른손으로 선물이라는 듯 품에서 나이프를 날린 것이다.

"……당연하지만 독을 잔뜩 발랐어."

꼼꼼하게도 말이지.

그러나 나는 솔로 플레이에 대비하여 상태이상에 관한 스킬과 아이템을 취득하였다.

숲이나 산에 독을 지닌 마물은 얼마든지 있으므로 솔로 플레이어라면 채집이나 토벌을 할 때는 당연히 대책을 세워두어야한다.

그야 힐러는커녕 마법의 지원 따위는 기대할 수 없으니까.

"유감이겠네?"

"……유감?"

"나에게 독은 듣지 않는다고?"

홋 하고 웃은 순간 소녀의 모습이 흔들렸다.

"어라……?"

시야의 높이가 단숨에 푹 낮아졌다.

아무래도 나는 무릎을 꿇고 있는 모양이다.

"……엑스 맨드레이크. 고래라도 미량만으로 순식간에 취하는 독이지. 너 따위가 혈관에서 뇌로 직접 가는 효능에 저항할 수 있을 리가 없어."

이봐, 지금 이 여자 뭐라고 했어?

맨드레이크의 채집 난이도는 A랭크이다.

그 최상위종…… 채집 난이도 S…… 아니, 그 이상의…… 전설의 물건일 텐데.

"무슨 말이지? 어째서 그런 걸 갖고 있는 거냐?"

"……어? 무슨 뜻이야?"

질문을 질문으로 대답했다.

그보다…… 이 상황은 위험하다.

머리는 지끈지끈 아프고, 시야는 빙글빙글 돈다. 반고리관이 완전히 망가졌다.

"어째서 그런 물건을 네가 갖고…… 아니, 아니지. 어디서 손에 넣었다고 해도, 우리 도적단의 보수 따위보다도 그 독이 훨씬 더……."

아아, 그제서야 납득했다는 듯 소녀가 무표정하게 고개를 끄덕였다.

"……돈이 문제가 아냐."

"돈은 문제가 아니라고?"

"……우리도 돈 정도는 갖고 있어. 아니, 정확하게 말하면 높은 가치를 지닌 환금 아이템을 갖고 있지. 그야말로…… 넘칠 만큼."

소녀의 뒤에 대기하고 있는 종자가 "어이, 진심이냐…… 아니, 갖고 있긴 하지만……" 하며 당황한 표정을 지었다.

"…………?"

"……한마디로 너는 나의 실험대로 선택되었다는 뜻이야. 이제 좀 주제를 파악해, 이 쓰레기가."

"쓰레기……라고?"

흔들흔들 흔들리는 시야 속에서 나는 소녀의 말투에 분노했다.

확실히 나는 예상치 못한 상태이상에 빠지고 말았다.

그러나 소녀가 쓴 독극물은 엑스 맨드레이크이다.

레어 중의 레어라 불리는 하이랭크 아이템이기는 하지만 독 나이프에 바르기에는 부적절하다.

젊기 때문이라고나 할까, 경험이 부족하다고나 할까, 지식이 부족하다고나 할까.

아무튼 소녀는 치명적인 실수를 저질렀다. 나를 죽일 기회는 지금 한 번뿐이었을 것이다.

나는 주머니에서 작은 병을 꺼내 입을 벌려 단숨에 들이켰다.

과실의 산미 속에 희미하게 느껴지는 증류주의 향기.

액체가 목구멍을 지나가자 나의 시야는 급속도로 맑아졌다.

반고리관의 이상이 순식간에 원래대로 돌아가자마자, 얼른 자리에서 일어났다.

"안 됐군. 맨드레이크의 씨는 주로 독이 아닌 마취제나 마약으로 쓰이거든."

그리고 텅 빈 작은 병을 소녀에게 보였다.

"……그건?"

"대천사의 축복이라고도 불리는 최상급 포션이다. B랭크 모험가 정도인 내가 지니기엔 다소 걸맞지 않지만…… 뭐, 행운이 겹쳤거든."

"…………"

"본래 전투용 독극물이 아닌 맨드레이크의 상태이상 따위를 이 아이템으로 대항하지 못할 리가 없지."

"…………"

"그리고 너는 나에게 검술로 이기지 못해."

잠시 무언가를 생각하던 소녀가 고개를 끄덕였다.

"……과연, 이해했어."

이 소녀에게는 여러모로 의심스러운 점이 있다.

서툰 검술에 어울리지 않은 신체능력과 장비, 소지 아이템.

지식과 경험 및 실력은 내가 훨씬 앞선다. 나의 승리는 확고하지만 언제 발목을 잡힐지 모른다.

따라서 나는 이제 방심하지 않는다.

지금부터—— 모든 실력을 다한다.

나는 손바닥에 힘을 주었다.

오른손에 장검, 왼쪽 손바닥은 소녀를 향해 내민 형태로 그녀를 향해 가속했다.

곧바로 소녀의 머리에서 폭발이 일었다.

이것은 화염계 상위마법인 플레어다.

파이어, 파이어 볼, 플레어, 샤이닝 플레어.

점점 폭발의 범위가 늘어가는 식이다.

화염구의 크기는 마력의 양에 어느 정도 영향을 받기 때문에 일괄적으로는 말할 수 없지만, 내 경우에는 플레어로 대략 반경 50센티미터 크기 내에서 폭발을 일으킬 수 있다.

"후하하! 놀랐나! 나는 마법검사다!"

드높이 웃으며 나는 더욱 속도를 높였다.

예상대로 소녀는 내가 쏜 플레어를 빠르게 피했다.

그러나 나도 그럴 거라 예상했다.

마법 공격은 어디까지나 속임수이며, 진짜는 검에 의한 공격이다.

이것은 나의 비장의 필승 패턴으로, 대부분의 녀석이 일격에 죽었다.

이 전법이 유효한 이유는 두 가지이다.

하나는 순수하게 마법과 검의 콤비네이션 효과.

그리고 또 하나는…… 그저 검사라고 여겼기에 가능한 기습 공격.

내가 지금까지 쓰러뜨린 무리의 대부분과 마찬가지로, 소녀 역시 마법 공격을 회피하기 위해 자세가 흐트러졌으므로──.

"키에에에에에에에에에엣!"

바로 위에서 크게 내리쳤다.

회피가 불가능함을 깨달았는지, 소녀가 포기한 듯 웃었다.

"……………과연. 이것이 근접전에서 마법의 사용법……인가. 참고하지."

그리고 손바닥을 이쪽으로 뻗었다.

그 순간, 나의 온몸에 소름이 돋았다.

나는 공격 동작을 즉시 멈추고, 뒤를 향해 뛰었다.

순식간에 동굴 안에 울려 퍼지는 폭발음.

조금 전까지 내가 있던 공간에 반경 50센티미터 크기의 폭발이 일었다.

"이것은…… 파이어 볼…… 아니…… 플레어?"

소녀도 마법검사였다는 충격적인 사실.

경악으로 물든 나에게 소녀가 고개를 휘휘 가로저었다.

"……지금 것은 플레어도 아니고, 파이어 볼도 아니야."

"뭣?"

"……그냥 파이어."

소녀가 무슨 말을 하는지 이해가 되지 않는다.

기본적으로 폭발 범위는 상위 마법이 훨씬 더 넓을 터. 마법검사가 파이어로 저 크기의 폭발을 일으키는 것은 불가능하다.

"지금 게 파이어라니 말도 안 돼……."

아니, 나는 이미 알고 있다.

처음부터 이 소녀는 위화감투성이였다.

"본직이 마법사…… 그것도 A랭크…… 아니, S랭크 모험가가 아니면…… 그런 대담한 짓은……."

나는 어느 가능성을 떠올렸다.

그리고 그 가능성이 맞는다면 우리는 사신에게 잘못 걸렸다는 의미였다.

따라서 나는 그럴 가능성을 머리 한 구석으로 밀어내고…… 있었다.

"……이제야 눈치챘어? 마지막이니 가르쳐줄게. 원래 나는 당신을 검사라고 생각했기에…… 근접 기술을 연마하기 위해서…… 그 기술만으로 당신을 상대할 예정이었어. 하지만 당신은 마법을 쓰고 말았지. 이건 나의 예상 밖이야……. 말하자면 장외난투에 가까워."

소녀가 손바닥을 내밀고, 아무 감정도 담기지 않은 표정과 목소리── 길가의 작은 돌멩이를 상대하는 듯한 태도로 말을 이었다.

"……그러니 나도 마법을 쓸게…… 그리고 이것이…… 진짜 플레어."

나를 중심으로 주위 몇 미터 전체가 작렬하는 화염에 휩싸였다.

"……잘 가."

그것이 내가 인생에서 들은 마지막 말이 되었다.

모험가 길드 안.

길드 마스터 아저씨에게 처분 보류 상태인 엘프 직원이 불만족스러운 표정으로 나와 릴리스를 힐끗 보았다.

"자중할 마음…… 정말로 있습니까?"

대답하기 곤란해진 나는 어색한 말투로 대답했다.

"……뭐, 나름대로."

흘러가는 어색한 분위기.

"…………."

"…………."

"…………."

"……정체불명의 대단한 실력을 지닌 검사가 B랭크 도적단을 토벌. 그리고 당신은 얼결에…… 사체의 산과 조우…… 그리고 공적을 독차지…… 이거면 된 거죠?"

"그래, 맞아. 내가 맡은 의뢰로 어떤 곳에 잡혀 있던 귀족의 딸은 무사히 구출, 심지어 모두 열 명에 달하는 노예로 팔릴 예정이었던 여자들도 구출했어."

"…………."

"…………."

"…………."

"……길드의 평가로는 최고 랭크로 의뢰를 달성한 거지?"

"…………."

"…………."

"…………."

다시 흘러가는 어색한 분위기.

한숨 섞인 말투로 직원이 말했다.

"…………알겠습니다. 표면적으로 문제는 없습니다. 이것으로 당신은 오늘부터 E랭크 모험가입니다."

말과 동시에 직원이 은화 몇 개를 나에게 건넸다.

참고로 표준 보수의 세 배로, 일본엔으로 따지면 20만 엔 정도이다.

"……받으시죠."

"응, 고마워."

은화를 주머니에 넣고, 나는 릴리스와 함께 모험가 길드를 뒤로했다.

노점상이 늘어선 돌을 깐 큰길.

꼬치구이의 냄새에 약간 마음이 끌리면서도 나와 릴리스는 숙소를 향해 걸었다.

그러자 릴리스가 동전을 갖고 내 옆에서 멀어지더니, 노점상에서 꼬치를 하나 샀다.

"배고파?"

릴리스는 고개를 좌우로 젓고는 꼬치를 나에게 내밀었다.

"……배가 고픈 사람은 류토."

릴리스에게 꼬치를 받으며, 나는 쓴웃음을 지었다.

"전부터 느꼈는데, 넌 내 머릿속을 읽을 수 있어?"

다시 릴리스가 고개를 가로저었다.

"……척하면 척."

"척하면 척?"

릴리스가 고개를 끄덕였다.

"……부부라면 당연한 일."

"누가 부부야, 이 바보!"

릴리스의 머리를 주먹으로 때렸다.

"……아파."

릴리스는 울먹이면서도 기뻐 보였다.

그리고 찾아오는 침묵.

"…………."

"…………."

릴리스가 왠지 아쉬운 눈으로 나를 바라보았다.

"왜 그래?"

"……좀 더."

"좀 더?"

"……응. 좀 더."

"아니, 대체 무슨 소리야?"

볼을 붉히고, 왠지 요염하게 릴리스가 허리를 비틀었다.

그리고 나를 올려다보며 이렇게 말했다.

"······그러니까 좀 더······ 때려도······ 괜찮······다고?"

"솔직히 징그럽다, 너."

딴죽을 걸며 릴리스의 엉덩이를 발로 찼다.

"······후후············ 발차기······ 류토의 발차기······ 사랑이 무거워, 그리고 아파. 후후······ 후후후······ 코델리아=올스톤은 류토에게 차이는 일이 없어······ 후후······ 후후후······ 이걸로 한 걸음 리드."

아무래도 역효과가 난 모양이다.

"아니, 진짜 꺼려진다, 너."

사실 릴리스는 나에게 여러모로 너무 의존하고 있다.

기본적으로 가학적인 성격일 텐데, 왠지 나를 상대로는 심하게 피가학적이 되어가는 것을 전부터 느끼고 있었다.

으음······ 생각하는 바는 이것저것 많지만······.

대체 어떻게 해야 할까 생각하던 중 우리는 골목길을 꺾었다.

"······이 길은 안 갔으면 좋겠어."

암모니아의 시큼한 냄새가 코를 찔렀다.

우리가 머물고 있는 숙소는 밥이 맛있다.

그 이유만으로 내가 골랐지만, 장소가 조금 좋지 않다.

여관촌이라고 해야 할까, 슬럼가라고 해야 할까, 그런 치안과 위생 상태가 좋지 않은 장소를 지나야 한다.

"하지만 다른 길도 없잖아."

"······알겠어."

쓰레기가 널린 길에 파리가 날아다니는 거리.

길 양 옆에 깔린 돗자리에 누운 부랑자들이 릴리스에게 엉큼한 시선을 뚫어질 듯이 보냈다.

아니, 심지어 릴리스의 외모를 본 것만으로 욕정을 일으켜, 참지 못하고 자신의 사타구니로 손을 가져가는 부랑자까지 있을 정도였다.

나조차 불쾌함을 느끼는 상황에 릴리스는 노골적으로 불쾌한 빛을 띠며 얼굴을 찌푸렸다.

그리고 매달리듯이 나에게 오른손을 가까이 했다.

나는 살며시 릴리스의 손을 잡았다.

"오늘은 어쩔 수 없지만, 당분간 우린 이 마을에 있을 거야. 숙소를 바꿀까?"

잠시 생각하던 릴리스가 말했다.

"……아니, 괜찮아."

"아니, 괜찮다고 해도 너는……."

"……류토는 그 숙소의 밥을 좋아해. 달리 길이 없는 것도 이해했어. 그럼 나는 웬만한 일은 참을 수 있어."

그때 나와 릴리스의 눈에 꺼림칙한 것이 들어왔다.

보아하니 열 살이 될까 말까한, 남자인지 여자인지도 모를 더러운 넝마를 걸친 부랑아가 축 늘어진 상태로 있었다.

극도의 영양실조로, 피부병에 걸린 듯 온몸에 어떤 반점과 같은, 아니면 곰팡이와 같은 것이 보였다.

치안도 최악일 이런 곳에 성적인 도구는 되지 않은 듯 보이는 까닭은…… 감염될 것이 무섭기 때문일 것이다.

"릴리스?"

"……봐서는 안 돼. 류토는 옛날부터 이상한 걸 줍는 버릇이 있어. 나를 주웠을 때처럼."

심한 표현이지만 뭐, 대체로 사실이다.

그나저나 그런 내 성미 탓에 지금 넌 A랭크 상당의 모험가로, 덧붙이자면 금색 포효 같은 큰 기술을 쓸 수 있게 됐으면서…….

뭐 그건 됐다.

그러나 순정 일본인으로서 이 사태는 그냥 넘어갈 수 없다.

나는 돗자리 위에 누운 엘프 귀의 소녀를 향해 걸어갔다.

뒤에서 릴리스의 한숨이 들렸지만 그 점은 개의치 않았다.

그때 나는 이 애가 여자임을 알아챘다.

때와 흙투성이라 얼굴 생김새는 잘 모르겠다. 확실히 말할 수 있는 것은 귀를 보아 엘프임을 알 수 있다는 것뿐이다.

"……류토?"

"왜?"

"……정말 그만두는 편이 좋아."

"그건 내가 정할 일이야. 네가 껴들 게 못 돼."

조금만, 정말 아주 조금만 목소리에 화를 담았다.

그러자 릴리스는 풀죽은 표정을 짓고, 순순히 받아들였다.

"……응."

"앞으로 하는 일은 내가 나만의 힘으로 나의 의지로 멋대로 하는 거야. 그러니 네가 참견할 이유도 없고, 나도 너에게 무언가를 강요하지 않아."

"…………응. 알겠어."

드러누운 소녀의 손목을 잡고 맥을 짚었다. 이어서 눈동자를
벌려 안구 상태를 확인했다.

"이봐, 릴리스?"

돌아보자마자, 릴리스가 어쩔 수 없다는 듯 어깨를 으쓱했다.

"말하지 않아도 돼. 분석 관련 마법회로는 나를 경유하니까. 그
러니 나에게도 정보가 공유되고 있어…… 이건 저주의 일종. 그
것도…… 상당히 성가신 부류."

"……쇠약해져 죽음에 이르는 저주인가. 사에구사에게 걸려 있
던 수준의 집요한 술식이네."

나는 잠시 생각에 잠겼다.

"사에구사는 이해가 가. 걔는 동방의 한 국가에서 궁정 투쟁으
로 귀족끼리 문제를 일으킨 거니까. 그야 우수한 사람이 시간과
수고를 들였겠지."

릴리스가 고개를 가로저었다.

"……그만두자. 치료하는 것도…… 나아가 데려가는 건 하지
말자. 아무리 생각해도 성가신 일을 끌어들이게 돼."

다시 생각하던 나는 쓴웃음을 지었다.

"하지만 그럴 수도 없잖아. 이 애는 아무리 봐도 열 살 전후라
고? 그런 애가 무슨 인과인지 모르지만, 고위 주살식에 오염된 상
태로 슬럼가에 굴러다니고 있잖아."

릴리스의 항변을 기다리지 않고, 나는 오른손을 소녀의 미간에

댔다.

"폭식의 왕—— 벨제부브."

내 안에 사는 대식가 마신이 순식간에 소녀에게 붙어 있던 음습한 저주를 풀었다.

"릴리스? 너의 아이템 박스에서 내가 맡겨둔 노블 에테르를……."

그 말에 릴리스가 깊은 한숨을 내쉬었다.

"……그럴 필요는 없어. 저주는 이미 벨제부브가 제거했으니까. 그렇다면 그런 레어 아이템을 이 정도 증상에 쓸 필요는 없어. 단지 류토는…… 단지 명령하면 돼."

"뭐라고?"

"……나에게 회복마법을, 사용하라고, 단지…… 그것만 명령하면 돼."

"알겠어. 이 애를 구해줘, 릴리스."

"……잘 알겠어."

릴리스가 그렇게 말하자마자, 소녀가 푸른색과 녹색의 빛에 휘감겼다.

릴리스는 회복마법이 특기인 편은 아니지만, 그럼에도 쇠약을 일시적으로 완화시키는 정도의 마법은 쓸 수 있다.

소녀에게서 푸른색과 녹색 빛이 사라진 순간, 곧바로 소녀가 살며시 눈을 떴다.

목을 조심스럽게 좌우로 움직이더니, 릴리스를 보자마자 눈을 크게 떴다.

"히…… 히…… 히미즈 언니……? 다행이다…… 드디어……
드디어 만났어…….”

나와 릴리스는 얼굴을 마주보았다.

"의식이 혼탁한 것 같아.”

릴리스가 고개를 끄덕였다.

"……가자…… 류토.”

릴리스는 나에게 턱짓으로 그 자리에서 떠날 것을 재촉했다.

"히미즈 언……니…….”

한숨을 쉬며 릴리스가 말했다.

"……나는 너의 언니가 아니야.”

그리고 다시 릴리스가 나에게 말을 걸었다.

"……이런 성가실 듯한 애와 얽히면 불편한 일만 생길 거야. 어
서 가자.”

릴리스가 나의 팔을 잡고, 나를 반쯤 잡아끌며 걷기 시작했다.

"잠깐만, 릴리스? 치료만 하고 그대로 놔두면 너무 박정한 거
아냐?”

"……애초에 나는 성가신 애와 얽히고 싶지 않아. 목숨은 구했
어. 그것으로 충분.”

"하지만 너 말이야, 여긴 슬럼가이고 질서라는 게 없다는 거 알
잖아? 저런 어린애를 혼자…….”

"……그런 건 내가 알 바 아니야.”

그때 등 뒤에서 가녀린 목소리가 들렸다.

"……파파…… 마마…… 싸우지…… 마.”

그 말에 릴리스가 걸음을 멈췄다.

"정말…… 의식이 혼탁한 상태네."

빈사 상태가 길었던 모양이다.

릴리스의 회복마법으로 체력은 돌아왔으나, 아직 머리는 제정신이 돌아오지 않은 것 같다.

아마 소녀의 머릿속은 지금, 꿈과 현실을 헤매는 상태일 터.

릴리스가 소녀가 누워 있는 돗자리 앞으로 성큼성큼 걸어가 섰다.

"……마마."

릴리스가 나를 가리키며 소녀에게 물었다.

"……그럼 저건?"

소녀가 나에게 얼굴을 돌리고 이렇게 입을 열었다.

"……파파."

릴리스는 그 자리에 쪼그려 앉아 소녀를 향해 미소를 지었다.

"……………아무래도 총명한 아이인 것 같네."

릴리스가 주머니에서 손수건과 물통을 꺼냈다.

그것으로 소녀의 얼굴을 닦아주었다.

"그래, 너는 총명해…… 우리의 미래 모습을 정확하고 완벽하게 맞혔어. 게다가 얼굴을 닦고 보니, 정말 예쁜 얼굴이구나. 응.

귀여워…… 몇 살?"

"난…… 여덟 살……."

"……이곳은 그런 나이의 소녀가 있어도 될 장소가 아니야."

이야기가 점점 이상한 방향으로 가고 있지만, 일부러 나는 끼어들지 않았다.

"류토? 나는 이 총명한 애를…… 그리고 이런 귀여운 애를 이런 곳에 버려둘 수 없어…… 데리고 가자."

그대로 릴리스가 소녀의 입에 물통을 댔다.

소녀는 꿀꺽꿀꺽 물을 마시고, 릴리스에게 이렇게 말했다.

"……물 고마워…… 히미즈…… 언니."

릴리스가 소녀를 돗자리 위에 눕혔다. 그리고 다시 일어섰다.

"……역시 그만두자…… 나는…… 너의 언니가 아니야."

"뭐어어어어어어어어어어어어?!"

일련의 대화를 지켜보던 나는 동요를 감추지 못했다.

릴리스가 다시 나의 팔을 잡고 강제로…… 나를 반쯤 잡아끌며 걷기 시작했다.

"어떻게 된 거야, 릴리스?!"

"……나는 스스로 성가신 일에 휘말리고 싶지 않아."

"방금 데려가려고 했잖아?"

"……변덕……이란 누구에게도 있어."

그때 소녀의 가녀린 목소리가 다시 등 뒤에서 들렸다.

"……마마…… 파파…… 싸우지…… 마."

릴리스가 그 자리에 멈추더니, 다시 소녀에게 물었다.

"······나는?"

"······마마."

"······그럼 이 사람은?"

"······파파."

릴리스가 고개를 끄덕이며 말했다.

"······얘는 데려갈 수밖에 없어."

"분명 그럴 줄 알았어!"

퍽 하고 뒷골목에 울려 퍼지는 주먹 소리.

"이제 마음대로 해, 뭐야 대체 넌······."

릴리스가 볼을 살짝 붉히고 나를 올려다보며 말했다.

"······다시 한 번····· 때려도····· 괜찮······은데?"

또 이거냐.

후우····· 나는 그 자리에 쪼그려 앉아 머리를 감쌌다.

"······후후····· 결혼도 안 했는데 아이가 생겼어····· 이 얼마나 감미로운 울림····· 코델리아=올스톤에게 세 걸음 리드."

승리 포즈를 취하며 릴리스가 단언했다.

"너 말이야······."

그때 릴리스가 갑자기 진지한 표정을 지었다.

"······농담은 차치하고."

"농담?"

"……그래. 농담. 류토는 이대로 놔둘 수 없다는 얼굴이었어. 그러니 데리고 돌아가."

"뭐, 그야 그렇지만."

휴우…… 한숨을 내쉬며, 나는 소녀에게 손을 내밀었다.

"이봐, 너…… 이름은 뭐야?"

"………………리즈…… 리즈=에인스워스."

그 말만 하더니 리즈는 그대로…… 철푸덕 바닥에 쓰러졌다.

릴리스의 회복마법을 받았다고는 하지만, 순수하게 체력적으로 한계였던 모양이다.

숙소로 돌아가자, 기절한 더러운 부랑아를 업은 나를 보며 숙소의 여자 관리직원이 노골적으로 인상을 찌푸렸다.

"손님."

"왜?"

"손님은 두 명이 각각 다른 방을 잡으셨지요?"

"응, 그랬지."

"그쪽 분은 별도 요금이 추가됩니다만……."

더러운 물건을 보는 듯한 눈으로 나의 등에 있는 소녀에게 시선을 보냈다.

릴리스에게 눈짓을 하여 은화를 하나 꺼냈다.

"……이거면 요금으로 불만은 없을 터."

그러자 직원이 가볍게 한숨을 쉬었다.

"그 소녀의 더러움은 정도를 벗어났으므로, 다른 손님에게 피해를 끼칩니다."

나는 아아, 그런거였나, 하며 납득했다.

"목욕탕을 빌려도 될까? 내 일행에게 이 애를 씻기도록 할게. 아아, 물론 두 사람의 목욕비는 지불할 거고."

직원이 고개를 휘휘 가로저었다.

"이렇게 더러워서야 목욕탕에 들어가더라도 다른 손님에게 피해가……."

까다롭네…… 하고 생각하는데, 릴리스가 주머니에서 대은화 세 개를 프론트 데스크 위에 올렸다.

참고로 일본엔으로 환산하면 30만 엔 정도의 금액이다.

"……이걸로 오늘 목욕탕을 전세낼 수 있어?"

"앗……."

직원이 경악한 표정을 짓자, 나도 주머니에 든 돈주머니를 꺼냈다.

그리고 금화 하나를 테이블 위에 놓았다.

일본엔으로 말하자면 현재, 숙소 프론트 데스크 위에 130만 엔의 지폐다발이 놓은 꼴이다.

"이제 불만은 없겠지? 다른 손님에게는 목욕탕에 문제가 생겼으니 대중목욕탕에 가달라고 약간 포장해서 설명해주면 고맙겠어."

놀란 눈을 하고 직원이 *끄덕끄덕* 몇 번이나 고개를 *끄덕*였다.

"그리고…… 이 애는 너무 쇠약해져 있어서 지금은 자고 있어. 그러니 몇 시간은 목욕시키지 않고 먼저 방에서 재워둘게. 방의 청소비도 포함한 가격이야. 다시 묻겠는데 그 돈이면 불만은 없겠지?"

다시 직원이 몇 번이나 고개를 끄덕거렸다.

릴리스가 피식 웃으며 나에게 귓속말을 했다.

"……있잖아, 류토? 정말 어느 정도는 자중할 마음이 있긴 해?"

"뭐, 다소 눈에 띄어도 괜찮지 않아?"

"……다소……라."

릴리스는 어이가 없다는 듯 쓴웃음을 지었다.

"……그런데…… 정말 더러웠어. 전세를 내지 않았다면 다른 손님에게 폐를 끼쳤을 거라 생각해."

그렇게 말하며 릴리스가 숙소의 식당으로 리즈를 데리고 들어왔다.

리즈가 눈을 뜬 것은 마침 저녁밥을 먹어야 할 때였다.

나만 먼저 밥을 먹어도 괜찮겠지만, 기왕 이렇게 되었으니 식당에서 두 사람이 목욕을 마치기를 기다렸다.

테이블에 늘어선 요리는 하얀 빵에 서로인 스테이크, 사이드로 매시 포테이토에 브로콜리.

그리고 포타주 수프이다.

덧붙이자면 서로인 스테이크는 릴리스의 아이템 박스에서 꺼낸 신선한 소고기를 숙소 주인에게 주어 조리를 부탁한 최고급 음식이다.

이 부근의 시장에서 파는 고기는 질이 조악한 것이 많다. 그런 의미에서 릴리스의 시간을 멈추는 타입의 아이템 박스는 매우 도움이 되었다.

아무튼 당연하지만 우리 테이블에 놓인 스테이크는 일반인이나 혹은 일반 모험가가 도저히 손에 넣을 수 없을 것이다.

뭐, 우리는 돈을 갖고 있으니까 살 수 있지만.

여행 중에 처음에는 마물 고기 등을 생으로 먹을 기세였는데…… 하며 한숨을 쉬었다.

일단 미식에 눈을 뜨니 예전으로는 돌아가지 못하겠다.

이때 여덟 살 소녀인 금발 엘프 리즈가 테이블에 앉자마자, 눈을 이리저리 굴리며 입을 열었다.

"이걸…… 제가 먹어도 되나요?"

먹고 싶은 눈으로 스테이크를 응시하며 나에게 물었다.

그녀는 조금 전까지 슬럼가에 방치되어 있었다.

이런 밥을 앞에 두면 그렇게 되는 것도 무리는 아니다.

그러나 릴리스가 단호하게 대꾸했다.

"……될 리가 없어. 이건 나와 류토의 식사야."

"그러네요……."

리즈가 풀죽은 표정을 지었다.

이 세상이 끝난 듯한 슬픈 표정이었다. 시선을 아래로 떨구고 있어서, 긴 속눈썹이 더욱 돋보였다.

그나저나 이 아이 정말 예쁜 얼굴이구나. 코도 오똑하고 눈도 크다.

금발 벽안에 엘프 특유의 긴 귀⋯⋯ 위험한 취향의 아저씨였다면 군침을 흘리겠는데 이거.

뭐, 앞으로 몇 년이 지나면 코넬리아나 릴리스처럼 아름답게 자랄 것이다.

"⋯⋯너에게는 특별 메뉴를 준비했어."

릴리스의 말에 나는 손가락을 딱 울렸다.

그러자 숙소 주인이 이쪽으로 뚝배기를 가져왔다.

"닭 뼈로 육수를 낸 특제 죽이야. 일곱 가지 채소와 달걀이 들었어. 넌 며칠이나 제대로 밥을 먹지 못했을 거 아냐? 갑자기 고형물을 먹으면 내장이 놀라고 말 테니까. 뭐, 푹 퍼질 때까지 끓였으니 소화는 잘 될 거야."

그러자 다시 리즈가 놀란 눈을 했다.

"달걀이라니⋯⋯ 굉장히 귀한 식재료죠?"

"그런 건 너무 신경 쓰지 마."

사실은 달걀이 아니라 불사조의 뼈로 우려낸 국물에 불사조의 알을 쓴 죽이다.

들어 있는 일곱 가지 채소는 엘릭서를 중심으로 한 연금술사나 약제사가 기절할 법한 약초가 듬뿍 쓰였다.

자양강장 효과가 대단해서, 몇 년을 누워 지낸 노인이라도 다음 날에는 일어나 마라톤에 참가할 수 있을 정도로 완성되어 있을 터였다.

언제까지고 쇠약한 상태로 있을 수는 없으므로, 이번에는 조금 신경을 썼다.

숙소 주인도 재료를 건넸을 때에 의아한 얼굴을 했으나, 뭐…… 주인은 무슨 소재인지 모를 테니 괜찮을 것이다.

뚝배기에서 접시로 죽을 퍼주자, 숟가락을 손에 든 리즈가 조심스럽게 떠서 입에 넣었다.

"아…… 맛있……어요."

그야 맛있겠지.

정말 금액을 매길 수 없을 수준의 죽이니까.

불사조는 자양강장에 막대한 효과가 있을 뿐만 아니라, 일반 식재로로도 매우 우수하다.

화학조미료나 다른 재료가 제대로 없는 상태라도, 이 새의 뼈가 있으면 옛날 술집과 라면집에서 아르바이트하던 정도의 내 요리 실력으로도 줄이 길게 늘어선 라면집과 충분히 싸울 자신이 있다.

"아니…… 이거…… 정말…… 맛있……어요."

리즈가 죽을 연거푸 입으로 가져갔다.

엄청난 기세라고나 할까…….

고등학교 럭비부 부원들이 무한 리필 고깃집에서 한참 먹는 듯한, 중기관총을 연상케 하는 속도로 리즈가 죽을 퍼먹었다.

"좀 더 천천히 잘 씹어 먹어야지."

그 모습을 보며 나와 릴리스는 얼굴을 마주보며 쓴웃음을 지었다.

결국 그날 리즈의 정체에 관한 깊은 이야기는 거의 하지 않았다.

여덟 살 소녀가 그 상태로 슬럼가에 방치되어 있는 이상 사태이다. 떠올리는 것만으로도 힘들 무슨 일이 있었다는 것은 예상할 수 있다.

아니, 애초에 목욕을 마치고 온 리즈의 모습을 보니, 사연이 있다는 것 외에는 도저히 생각할 수 없다.

따라서 일단 적어도 체력이 회복될 때까지는…… 데리고 있자는 것이 나의 견해였다.

나와 릴리스의 방은 따로 잡았지만, 잠이 들 때까지 다 같이 있도록 내가 릴리스에게 제안하여…… 현재 상황이 되었다.

어두운 실내.

소파에 담요를 덮은 채 살짝 눈을 뜨고 있는 나와 릴리스에게 안겨 새근새근 침대에서 잠든 리즈.

리즈가 잠이 든 지 정확히 45분이 지났을 때, 나는 바닥을 가볍게 콩콩 두드렸다.

그러자 릴리스도 벽을 콩콩 울렸다.

그것은 이미 수면에 빠진 리즈를 깨우지 않도록, 릴리스가 추가로 아주 가벼운 수면마법을 건 신호이다.

서로 조용히 소리를 내지 않고 일어났다.

세심한 주의를 기울여 문을 열고, 우리는 다른 쪽 방으로 들어갔다.

내가 램프에 불을 붙이는 동안 릴리스는 주전자의 물을 마법으로 따뜻한 물로 바꾸어 허브티를 우렸다.

서로 조용히 작업을 행한 지 몇 분 뒤.

향이 강한 허브티를 컵에 담아 손에 들고 나서야 내가 입을 열었다.

"저기, 릴리스?"

"……왜?"

"내가 데려온 것처럼 되었는데. 사실은…… 네가 데려오고 싶었지?"

"……응."

릴리스는 원래 노예였다.

그리고 기본적으로 가차 없는 성격이기는 하지만, 자신의 옛 처지 때문인가 힘없는 어린이에게는 무른 면이 있다.

"그런데…… 데려오긴 했지만 이제 어떻게 할 거야?"

"……쇠약상태가 회복되면 고아원에라도 넣을 생각이었어. 코델리아=올스톤의 소개라도 좋고, 여기 길드 마스터의 소개라도 좋아. 그럼 제대로 된 시설이 발견될 터……였으니까."

"그런데 문제가 생겼다……는 거지."

"……솔직히 나도 당황했어."

리즈가 목욕탕에서 돌아왔을 때…… 나와 릴리스는 엄청난 사실을 확인했다.

그렇기에 리즈에게는 얼른 후드를 쓰도록 지시했고, 내일에는 더 확실하게 후드가 달린 로브를 사줄 생각이다.

"그래, 맞아. 엘프와 수인의 혼혈이라니 범상치 않은 일이야."

그렇다, 리즈에게는 짐승의 귀가 있었다.

리즈의 외모는 엘프 특유의 선이 가늘고, 금발 벽안에 병적일 만큼 하얗고 매끈한 피부를 지녔다.

부서질 듯한 유리세공과 같은 인상을 주지만, 그녀의 긴 엘프 귀는 자신의 것이 아니었다.

엘프 귀는 붙인 것으로, 진짜 귀는 정수리에 가까운 위치, 금발 속에 숨겨져 있었다.

리즈는 계속 그 사실을 감추고 있었으나, 목욕탕에서는 완전히 감추지 못하고 말았다.

"옛날부터 엘프와 수인은 그야말로 견원지간이라고 했어."

인간을 포함해서 인간형 생물끼리 툭하면 전쟁만 벌였으니 사이가 좋지 않다.

서로 이익이 나는 교역이라면 최소한으로 필요한 만큼만 행하는 것이 관례가 되었지만, 그럼에도 특히 사이가 좋지 않은 종족 끼리라면 이야기는 별개이다.

마법을 주체로 한 문명을 이룩한 엘프족은 지식을 과시하며 오만하고 건방지다.

그에 비해 수인족은 신체능력을 바탕으로 원시적인 생활을 하고 있지만, 전사로서 자긍심을 갖고 있다.

서로 숲에서 살아가는 종족이지만, 가치관도 다르고 외모도 다르다.

현대 지구에서도 피부색의 차이 같은 보잘 것 없는 일로, 웃지 못할 만큼 전쟁이 일어나고, 웃지 못할 만큼 피가 흐르며, 웃지 못할 만큼 비극이 일어나고 있다.

"덤으로 리즈에게 걸려 있던 저주의 술식은 돈이며 노력, 여러 사람이 필요해. 이 근방의 수인국은 매킨리였나? 그리고 엘프국은 포레스레임."

"……응."

"정치적인 싸움이겠지. 아마 리즈는…… 어느 쪽의, 혹은 최악의 경우 양쪽의 귀족이나 왕족의 피를 물려받았어. 아니면 그에 준하는 중요 인물일 거야."

어느 세상에 부랑아에게 수고를 들여 일본엔으로 말하면 수천만이 필요한 저주를 걸까.

릴리스도 나와 같은 생각인지 고개를 끄덕이며 동의했다.

"……미안해."

"왜 사과해?"

"……우리는 서둘러 길드 랭크를 올려야 하는데, 정말 성가신 일을 끌어들이고 말았어. 솔직히 평범한 시설에 맡기면 그건 이 애를 죽도록 내버려두는 것과 마찬가지야."

실제로 그렇게 될 것이다.

일부러 쇠약해져 죽거나, 또는 아사하도록 꾸민 것은 여러모로 복잡한 사정이 얽혀 있기 때문이다.

보통 슬럼가에 쓰러져 있는 그런 부랑아가 살아날 확률은 거의 없다.

그런 의미에서 리즈를 궁지로 몬 사람들의 계획은 정확했다.

우리 같은 참견쟁이의 존재는 예외에 지나지 않으니까.

"뭐, 아마 이런 저런 손을 써서 죽이려고 들겠지."

"……미안해."

"아니, 괜찮아."

"…………?"

"그야 너, 처음 저 애를 본 순간부터 데려갈 생각이었지? 파파라느니 마마라느니, 언니 같은 그런 촌극은 차치하고."

"……응."

"네가 데려가기로 결심하고, 나도 괜찮다고 생각했어. 그럼 우리가 당분간 보호할 수밖에 없어."

"……아무튼 나는 저 애와 같이 잘래. 아니, 지금 당장 자야만 해."

"어째서?"

릴리스가 오른손 엄지손가락을 강하게 세웠다.

"……거기 동물귀가 있으니까."

그러고 보니 이 녀석 리즈를 재울 때 먼저 나서서 같이 잤었지.

이 녀석의 옷에 달린 후드도 고양이 귀 같고…… 하다 문득 깨달았다.

아무래도 릴리스는 동물이라면 사족을 못 쓰는 모양이다.

다음 날 아침.

숙소 식당에서 나는 밥을 먹고 있었다.

오늘은 특별 요금을 내고, 폭신폭신한 하얀 빵과 버터를 제공받았다.

그 외에는 채소 중심의 훈제 고기 수프와 사분의 일로 자른 오렌지라는 지극히 평범한 메뉴이다.

"옛날에는 완전히 거지같은 여행이었는데⋯⋯."

하얀 빵을 입에 가득 넣으며 용의 마을을 뛰쳐나온 시절을 떠올렸다.

그 무렵에는 마을조차 들리지 않고 그저 숲이나 산, 혹은 고대 유적, 그리고 던전을 돌며 높은 레벨의 마물을 마구 사냥했다.

지금은 릴리스에게 모두 맡기고 있지만, 당시는 나 혼자 다니느라 아이템 박스도 없어서, 식재료를 들고 가는 것도 가능할 리가 없으니⋯⋯.

죽인 마물의 고기를 원시적인 불 피우기로 나무에 불을 피워 구워 먹고, 들풀을 먹고⋯⋯.

틈만 나면 마물을 쫓으며 사냥하고⋯⋯ 아무튼 그때에는 시간이 없었다.

따라서 먹을 수 있으면 다행이었다.

지금은 레벨의 성장 한계에 가까울 만큼 강해져서, 어느 정도 시간에 여유도 있다.

수행 여행 중 릴리스와 합류하여, 아이템 박스 덕분에 재료며 뭐며 가득 모았고, 릴리스의 레벨을 올릴 때 여기 길드 마스터와도 만났다.

게다가 단숨에 부자가 되어 식생활도 풍요로워져서⋯⋯.

손에 든 하얀 빵을 찬찬히 바라보며 나는 감상에 젖은 한숨을 내쉬었다.

"······라면······ 먹고 싶다······."

솔직한 감상이 나왔다.

아니, 솔직히 이 세계의 하얀 빵은 맛있다.

서민은 일단 먹을 수 없는 고급품답게 일본에서도 괜찮은 호텔의 조식에 나올 법한 부드러움과 쫄깃한 느낌, 그리고 살짝 단맛도 난다.

소고기나 돼지고기도 고급 숙성 고기를 아이템 박스에 사들였기에 웬만한 슈퍼에서 파는 것보다도 훨씬 좋다.

그러나 화학조미료라고나 할까 정크 푸드의 맛이 그리워지는 것은······ 어쩔 수 없는 일이다.

그리고 어머니의 카레가 죽을 만큼 먹고 싶은 것도 일본인이라면 정말 어쩔 수 없다고 생각한다.

원하는 것을 따지다보니 끝이 없네.

그때 졸린 눈을 한 릴리스가 리즈를 안고 방에서 내려왔다.

"······안녕, 류토."

나는 다소 질겁하면서도 릴리스에게 대답했다.

"안녕······."

"그런데 너는 왜 인형처럼 리즈를 안고 다니는 거야?"

"······어?"

잠시 생각하던 릴리스가 고개를 갸웃했다.

"······동물귀가 귀여워서?"

질문을 질문으로 대꾸해도 당황스럽다.

"그보다 릴리스······ 리즈의 동물귀가 보이잖아."

그 말에 릴리스가 화들짝 놀라 숨을 죽였다.

그야 엘프와 수인 때문이다.

숲에 사는 두 종족은 견원지간으로 알려져 있는데, 엘프의 외모에 동물귀…… 그 혼혈임을 한 눈에 알 수 있는 리즈의 존재는 매우 눈에 띈다.

릴리스가 허둥지둥 리즈의 잠옷에 달린 후드를 씌웠다.

"하얀 빵…… 제가 먹어도 될까요?"

조심스럽게 묻는 리즈에게 나는 미소로 대답했다.

동시에 그녀가 하얀 빵을 덥석덥석 먹기 시작했다.

"엄청 빠르네…… 잘 씹으면서 천천히 먹어야지?"

뭐, 결식 상태가 이어졌으니 무리도 아니다.

보아하니 어제 약초죽으로 체력도 대부분 돌아온 모양이니, 약해진 내장이 고형물을 받아들이지 못하는 일도 없을 듯하다.

"어떡할래? 오늘은 길드의 마물 토벌 의뢰를 받았는데…… 일단 숙소에 맡겨둘까?"

릴리스에게 물었으나, 그녀는 고개를 가로저었다.

"……데려가."

"뭐, 그렇겠지. 리즈의 출신이 아무래도 수상해. 덤으로 목숨까지 노리는 모양이니까. 또한 아무래도 상대는 국가 권력…… 진지하게 나서면 이 숙소에서는 대처할 수 없겠지."

"……하지만 우리라면."

중간에 나는 릴리스의 말을 손으로 제지했다.

뭐, 국가 권력이 상대라도 나와 릴리스라면 어떻게든 될 것이다.

그러나 그런 발언을 숙소 식당에서 하면 크게 눈에 띈다.

그때 나의 어깨를 누군가 뒤에서 톡톡 두드렸다.

"응? 누구야, 넌?"

온화한 미소를 지은 통통한 중년 남자였다.

"봤다고요."

"봤다? 뭘?"

리즈를 가리키며 남자가 더욱 크게 미소 지었다.

"이 아이…… 혼혈이죠? 심지어 아까 서둘러 후드를 씌우더군요. 이거 아무래도 겉으로 드러내서는 안 될 일이겠죠?"

남자의 미소에 비열한 빛이 어렸다.

"그래서?"

"저는 말이죠. 좋아한다고요."

"좋아해? 뭘?"

"그리고 번거로운 것이 싫습니다. 그러니 단도직입적으로 용건을 말하고 싶지만…… 아무래도 그것을 말하기 전까지의 전제를 설명하기가 복잡하군요."

"대체 무슨 일이냐고."

남자가 아련한 눈으로 천장을 올려다보았다.

"제가 태어나고 자란 곳은 말이죠. 보잘 것 없는 가난한 마을이거든요? 그야 지금은…… C랭크 모험가로 그럭저럭 살고 있지만요?"

"…………?"

"소꿉친구라고 말해야 할까요…… 이웃에 세 살 연상의 누나가

111

있었거든요."

코델리아와 나는 같은 나이지만…… 비슷한 상황인가.

"그래서 말이죠, 저는 어린 시절부터 그 누나를 좋아했거든요. 아니, 반했다고요."

"그래서?"

"하지만 누나가 열한 살이 됐을 때 영주의 눈에 드는 바람에…… 돈만 건네고는 누나를 영주의 저택으로 데려가고 말았지요. 뭐, 첩이라는 겁니다."

약간 소아성애자 같지만, 드문 이야기는 아니다.

그런 경우에는 성노예에 준하는 취급을 받은 뒤, 질리면 하녀로 부려먹게 된다.

비슷한 일이 얼마든지 있는 어디에서나 흔한 이야기다.

"그래서 말이죠…… 저는 누나를 좋아했다고요. 강가에 놀러 가면 말이죠? 놀랄 만큼…… 예뻤다고요."

"상당한 미인이었나 봐."

그때 남자가 의아한 표정을 지었다.

"못생겼나, 예쁘나로 따지면 영주의 눈에 들 정도니까 일반적으로는 예뻤겠지요. 그러나 적어도 저의 이상형은 아니었습니다."

"무슨 소리야? 아까 예쁘다고……."

"그게 말이죠, 발이락이…… 특히 엄지발가락이 예뻤거든요."

이야기가 이상한 방향으로 흘러갔다.

대체 어떻게 해야 할까…… 하며 나는 턱에 손을 댔다.

"한마디로 말이죠. 저는 엄지발가락이 좋습니다. 그것도 당시

누나와 비슷한 나이의…… 어린 소녀의."

"그래서?"

남자가 추악한 미소를 지었다.

"그 아이의 비밀은 지켜드릴 테니…… 그 아이의 발가락……
빨아도 되겠습니까?"

"뭐……."

경악한 나에게 남자가 계속 말을 걸었다.

"저의 방에 30분간 저 아이를 데리고 가겠습니다. 단지 그것뿐
이라고요. 에이, 엄지발가락 외에는 손도 대지 않을 테니까……."

그때 릴리스가 일어섰다.

"히갸악!"

이어서 곧바로 릴리스의 주먹이 남자의 콧대에 박혔다.

뽀각 하는 꺼림칙한 소리가 울렸다.

남자는 성대하게 코피를 뿜으며, 보글보글 거품을 내면서 대자
로 바닥에 쓰러졌다.

뭐, 보아하니…… 목숨에 지장은 없다.

"……저기, 류토?"

어처구니가 없는 표정의 릴리스에게 나는 엄지손가락을 세우
며 이렇게 말했다.

"눈에 띌 마음은 없지만…… 이런 불가항력의 일은 어쩔 수 없
다고 생각해. 나 참…… 어이가 없네."

그리고 몇 시간 후.

마을에서 조금 떨어진 초원에 거대한 크레이터가 생겼다.

그것은 릴리스가 용의 비술인 신의 창 롱기누스로 물리적 폭격을 가한 흔적이다.

"사, 사, 사, 살려……."

숙소 식당에서 C랭크 모험가라 소개하고, 리즈의 엄지발가락을 빨게 해달라고 말한 남자가 창백한 얼굴로 애원했다.

바로 조금 전, 이곳에서 일어난 것은 C랭크 모험가의 입장에서는 신이 행한 일로밖에 보이지 않을 광경이었다.

갑작스러운 굉음과 폭발음.

그리고 흙모래가 날리고, 흙먼지가 걷히자 크레이터가 형성되어 있었으니 중년 남자의 심경이 어떠했을까.

"……류토가 목숨까지는 빼앗지 말라고 했어. 따라서 신의 창 롱기누스는 힘의 과시…… 데몬스트레이션으로 끝냈어. 당신들 같은…… 인간종보다는 동물에 가까운 구조의 뇌를 지닌 인종은 힘을 보여주지 않으면 말을 듣지 않아. 정말 성가셔."

릴리스가 크게 숨을 들이마시더니 단숨에 말했다.

"……저 아이의 비밀을 말하면 죽이겠어…… 우리 일을 떠벌여도 죽일 거야……."

그러며 손가락을 다섯 개 세우며 말을 이었다.

"……다섯 시간 내로 짐을 챙겨서 이 마을에서 나가지 않아도 죽여."

나아가 릴리스는 지팡이를 꺼내 서쪽 방향을 향해 주문을 외우며 눈을 가렸다.

"금색 포효."

폭발적인 빛의 격류가 주위를 감쌌다.

평범한 모험가는 그 자리에서 눈을 뜨는 것조차 용납되지 않는—— 그런 압도적인 빛의 폭력이다.

릴리스의 전방에 펼쳐져 있던 초원이 부채꼴 모양으로 5백 미터쯤 풀도, 거대한 바위도, 곳곳에서 자라던 나무도, 그리고 표면의 흙도, 그 모든 것이 날아가 땅 표면의 붉은 흙이 드러나 있었다.

"……참고로 나와 함께 있던 남자는…… 나의 몇 배…… 아니, 몇 십 배의 힘을 갖고 있어. 너는 우리의 역린을 건드리고 말았어."

"사, 사, 살려, 살려주…… 샬려쥬십…….""

"……이 마을에서 반경 2백 킬로미터 권내에서 너를 발견해도 죽일 테니까. 그럼."

그 말만 남기고 릴리스는 그 자리를 뒤로했다.

모험가 길드의 입구 앞에서 나는 몸을 떨었다.

『……나쁜 놈을 혼내주고 올게. 그러니 류토는 리즈와 함께 잠시 시간을 보내다 정오가 되기 전에 모험가 길드에서 기다렸으면 좋겠어.』

그렇게 말하고, 릴리스가 중년 남자를 어디론가 데려갔는데…….

그 바보, C랭크 모험가를 협박하는데 금색 포효를 날려버렸다.

사자는 토끼를 잡는데도 최선을 다한다는 말이 있지만, 너무 심하잖아.

"아니, 그 바보…… 자중할 마음이 전혀 없구나."

내가 한숨을 내쉬던 때, 리즈가 점심 대신 사준 돼지고기 꼬치구이의 마지막…… 스물다섯 번째 꼬치를 입에 넣었다.

"맛있어?"

몇 번이나 고개를 끄덕인다.

그나저나 이 꼬마 정말 잘 먹네.

아침밥도 릴리스의 몫을 반 이상 나눠받았는데, 이 작은 몸의 위에 어떻게 들어가는 걸까.

"저기……."

"왜 그래?"

리즈가 근처 포장마차를 가리켰다.

"저 포장마차에서 파는 샌드위치도…… 먹어보고 싶습니다만."

그 말에 나는 쓴웃음을 지었다.

"그 꼬치구이는 나와 너 두 사람의 점심밥이었는데…… 혼자서 전부 먹더니 또 먹냐."

쓴웃음을 지으며 주머니의 지갑으로 손을 뻗었다.

바로 그때——.

"죄, 죄, 죄송합니다. 죄송합니다. 죄송합니다! 혼내지 말아주세요! 벌을 내리지 말아주세요!"

새파랗게 질린 얼굴로 리즈가 몇 번이고 나에게 고개를 숙였다.

왜 그러는 거지? 잠시 생각하던 나는 손바닥을 짝 쳤다.

아무래도 이 녀석은 내 몫까지 먹은 데다 분위기조차 파악하지 못하고 추가 주문을 한 탓에 나의 기분을 상하게 했다고 생각한 모양이다.

그나저나 벌을 내리지 말아주세요……인가.

꽤나 힘든 삶을 살아온 것은 틀림없는 것 같다.

나는 조용히 포장마차로 가서, 종이봉투에 밀봉된 샌드위치를 구입했다.

그대로 리즈에게 돌아가 종이봉투를 그녀에게 내밀었다.

"일단 먹어둬."

"네……? 저기…… 그게…… 미안해요……."

"적어도 지금 이 시점에서는 나에게 사과할 필요도, 이유도 없으니까."

의아한 표정을 짓는 리즈의 머리를 손바닥으로 두 번 부드럽게 톡톡 건드렸다.

그보다…… 나는 생각에 잠겼다.

숙소에 리즈를 두지 않고 우리와 동행시키자는 릴리스의 제안은 정확히 들어맞았다.

C랭크 모험가 상위 수준인 자가 세 명 정도 우리를 미행하고 있었다.

아마 직업은 도적이나 어새신, 혹은 닌자로 은밀행동의 전문직이며, 심지어 베테랑이라 보통은 도저히 눈치챌 수 없다.

그러나 이번에는 상대가 나빴지만.

또한 상대는 우리가 눈치챘을 줄은 꿈에도 상상하지 못할 것이다.

그렇다면 이중 미행으로 자유롭게 풀어주어 정보를 모으거나, 아니면 미행자를 잡아 정보를 이끌어내는 등 이쪽이 먼저 눈치챈 장점은 끝이 없다.

"……기다렸지."

그때 릴리스가 모험가 길드 입구에 나타났다.

나는 작은 목소리로 릴리스에게 말했다.

"미행당하고 있어. 되도록 자연스럽게 행동해줘."

릴리스가 바보 취급하지 말라는 듯 미간을 찡그렸다.

"……그런 건 이미 알고 있어. 나에게도 한 사람이 붙어 있으니까. 아니…… 정확히 말하자면 붙어 있었어."

"과거형이라고?"

"……짜증나서 금색 포효로 같이 날려버렸어. 그러니 과거형."

세상에 정말인가.

나는 다시 주변의 기척을 살폈다.

당했다. 모두 물러났다.

릴리스에게 붙어 있던 미행자가 돌아오지 않자 빠르게 피난한 모양이다.

"저기, 릴리스?"

"……왜?"

"넌 코델리아와 달리…… 생각 없는 바보가 아니지? 날려버리면 이렇게 될 줄 알고 있었지?"

"……이렇게 된 것에 무슨 문제가 있어?"

"무슨 말이야?"

"……상대가 뒤에서 살금살금 움직인다면…… 정면에서 당당하게 싸움을 걸면 돼. 게다가 상대는 소국이야. 그렇다면 어차피 이길 싸움."

그야 그럴지도 모르지만…….

이제 될 대로 되라는 체념과 함께 나는 릴리스의 머리에 손바닥을 올렸다.

"일단…… 리즈의 사정을 듣지 않으면 안 되겠네. 대체 너는 누구이며, 무슨 짓을 저질렀지?"

"……네? 무슨 말씀……인가요?"

리즈가 눈을 굴리며 말했다.

아무래도 시치미를 뗄 모양이지만, 그렇게 뜻대로 될 리가 없다.

"엘프 외모에 동물귀가 달려 있으면, 그야 누구라도 사정이 있으리라 생각할 거 아냐."

잠시 리즈가 입을 다물었다.

그리고 긴 속눈썹을 내리깔았다.

"죄송합니다. 가르쳐드릴 수는…… 없습니다."

"그건 또 왜?"

"비밀을 알아버리면 분명 위험에 빠지기 때문입니다. 저를 둘러싼 환경은…… 아마 류토 씨가 생각하는 것 이상으로 성가신 일이 될 테니까요…….."

"좋아, 알겠어. 하지만 이대로 너를 방치할 수도 없어. 그러니 오늘부터 당분간 같이 행동하자.”

나의 말에 리즈가 놀란 표정을 지었다.

“네……? 그 이상 아무것도 묻지 않는 건가요……?”

“그래, 안 물어봐. 말하고 싶지 않잖아? 그럼 말하고 싶을 때 하면 돼.”

“하지만 저와 동행하면 정말 위험해지는…….”

그때 나는 피식 웃으며 릴리스를 가리켰다.

“아무래도 너는 이쪽 언니의 마음에 든 모양이야. 너를 모른 척 하면, 이 녀석에게 뒤에서 물릴 테니까.”

“……아니, 물어뜯을 건데.”

잘 생각해보니 성적인 농담으로도 받아들일 수 있는 대화지만, 아직 어린 리즈는 그런 생각은 하지도 않을 것이다.

뭐, 아무튼 일주일쯤 지나면 리즈가 먼저 나서서 여러모로 가르쳐줄 터.

왜냐하면 리즈를 둘러싼 환경은 아마 우리에게 번거로운 일일지언정 결코 위험하거나 위협적인 일이 될 리가 없다는 사실을 금세 알게 될 것이기 때문이다.

“……정말 같이 있을 생각인가요?”

“이미 한 배에 탔으니까.”

그때 릴리스가 끼어들었다.

“……단 조건이 세 개 있어.”

“조건……입니까?”

릴리스가 고개를 끄덕였다.

"……나를 릴리스 언니라고 부를 것. 그리고 밤에는 반드시 같이 잘 것."

우와…… 나는 기가 막혔다.

그리고 리즈는 무슨 말을 하는지 이해가 가지 않는다는 듯 그저 눈을 깜박거렸다.

"……그리고 마지막 조건 하나."

"마지막 조건……입니까?"

"……류토를 오빠라고 할 것."

"잠깐 기다려봐, 너."

릴리스의 머리를 손바닥으로 찰싹 때렸다.

"왜 거기서 내가 나와?"

"……내가 언니라면 류토는 필연적으로 오빠가 돼."

"미안, 전혀 모르겠어."

"……구체적으로 설명하면, 리즈가 나의 여동생이라면 류토는 필연적으로 리즈의 형부가 된다는 뜻."

"시끄러워!"

다시 릴리스의 머리를 손바닥을 찰싹 때리며 딴죽을 걸었다.

"…………."

조용해진 릴리스가 볼을 살며시 붉히며, 달뜬 숨을 토해냈다.

후—.

후—.

후—.

콧김이 점점 거칠어지고, 숨결이 열기를 띠기 시작했다.

그러고 보니 이 녀석, 내가 상대라면 진성 M이 되었던가.

이 이상 지적하면 상을 주는 꼴밖에 되지 않으니 그만두자.

"저기…… 이런 식으로 말하면 되나요?"

그때 벌벌 떠는 듯 리즈가 나를 올려다보며 이렇게 말했다.

"저기…… 그게…… 어…… 으으…… 부끄러워…… 그러니까──
류토…… 오빠?"

서양미술의 그림에서 튀어나온 듯한 금발 벽안에 어린 소녀의
눈길.

아니…… 이거 파괴력이 꽤 크다.

솔직히 나쁘지 않다는 생각마저 들었다.

아니, 그렇게 생각하고 마는 것도 역시…… 생물의 성질인가…….

귀여운 건 귀여우니까.

이러니저러니 해서 우리는 당분간 리즈와 함께 모험가 길드 일
을 하기로 했다.

코델리아와
간사이렌고
후편

"I am a villager, what about it?"
Story by Arata Shiraishi, Illustration by Famy Siraso

나와 제로는 말 위에 있었다.

우리 뒤로 서른 명의 정예 기사단이 이어졌다.

주둔지에서 동방을 향해 말을 달린 지 몇 시간…… 20킬로미터쯤 이동했을까.

삼림지대를 빠져나가, 바위가 눈에 띄는 산악지대로 접어들려던 차에 제로가 말을 멈췄다.

그녀가 슥 가리키는 곳에는 작은 집락이 존재했다.

우리와는 다른 문화권에 속한 건물로, 텐트를 개조한 듯한 하얀 건물이 마흔이나 쉰 정도일까.

"사교도들의 숨겨진 마을이야."

"이 부근은 오랫동안 신성교회와 동방의 다신교 간의 분쟁지역이 되어 있더군요."

"맞아. 2백 년도 전에 종교전쟁은 대체로 결판이 났지. 하지만 사교도들은 끈질기니까."

"신성교회가 선두에 나선 각 열강 연합군에 의해 이교도의 나라는 멸망했죠. 그리고 개종을 축으로 한 동화정책이 실시되었어요. 그런데……."

"신실한 사교도들은 도시나 마을, 혹은 개인 단위로 게릴라전에 나섰어."

"그때 동방의 길드에서 이교를 신봉하는 실력자들이 모인 의용군까지 참전하는 바람에 사태가 완전히 걷잡을 수 없게 되었어요."

제로가 고개를 끄덕였다.

"결과적으로 포악한 무리의 거처가 됐다는 것. 그리고 이 토지는 동서 양쪽 교권의 국가에게서 모두 방치되었어. 뭐, 서방 세력권과 동방 세력권의 완충지대라는 거야."

"그리고 무역로를 가는 서방 국가의 대상이나 서방 국가의 변경 촌락을 습격하는 무뢰한들의 거처이기도 하다……."

"동방의 사교도들은 신실한 자가 많으니까. A랭크는 물론이고, 가끔은 S랭크의 대단한 실력자가 저런 집락에 숨어 있거든. 참고로 집락의 수는 열이나 스물 정도가 아니라고?"

나는 조금 생각에 잠기며 한숨을 내쉬었다.

"소수정예를 기본으로, 군사행동이 아닌 대규모 범죄행위로 서방 국가에 꾸준한 피해만 입히는 집단입니까. 게다가 유목민처럼 텐트 생활을 하며 이동을 계속하겠죠. 그러니 평범한 방법으로는 대처할 수 있을 리가 없어요."

그 말에 제로가 크게 동의했다.

"평범한 군대라면."

"그렇기에 당신들이 있다는 거군요."

"맞아. 디스트로이&제노사이드가 우리 모토니까. 철저하게 쫓아가 모두 죽이는 거야. 뒤에는 풀 한 포기 남지 않아. 놈들에게 철저하게 공포를 심어주는 거지. 그 외에 사교도들을 길들일 방법 따위는 없어."

"대화라는 수단은 존재하지 않나요?"

제로가 유쾌한 듯 껄껄 웃었다.

"대화? 포로가 된 순간 자폭마법으로 같이 죽을 걸 노리는 미친놈들을 상대로 무슨 말을 하란 말이야."

"아니, 그래도……."

나의 말을 무시하고, 제로가 뒤에 대기하고 있는 사람들에게 크게 손을 들었다.

돌아보니 그들은 돌격 전 준비를 하는 것처럼 맨드레이크 담배로 마약 성분을 보급하고 있었다.

"저건 무엇을 하는 거죠?"

"약을 하며 죽이는 편이 즐거우니까."

최악의 대답이 돌아왔다.

참고로 대마류나 술은 몸을 가누기 힘들어지므로 전투 중의 사용에는 적합하지 않다.

따라서 그들은 맨드레이크를 사용하고 있는데 최소한의 분별력은 있는 모양이다.

아니, 그런 분별력이 있다면 애초에 약물은 사용하지 않겠지만.

"사전정보로는 A랭크 모험가 수준이 세 마리! B랭크 모험가가 다섯 마리! 이미 변경 마을을 세 개나 무너뜨린 녀석들이다! 그들의 가족 중 여자도 많겠지만 봐줄 것 없어! 경험치인 고깃덩어리와 값나가는 여자는—— 평소처럼 먼저 잡는 자가 차지한다!"

그 말에 기사단 무리가 일제히 거칠게 콧김을 뿜었다.

"평소처럼 마음대로 해! 성교회조차 나에게는 쉽게 참견하지 못한다. 나는 누군가에게 속박 받지 않는 존재다. 그런 내 밑에 있는 너희들은…… 역시 마음대로 살아야 하지 않겠나!"

이 기사단은 성교회의 어두운 면이다.

다른 성교사단에서는 채용되지 않을 성격이 까다로운 자, 혹은 죄인이지만 힘을 인정받아 특별 사면으로 징역 대신 병역을 지고 있는 자도 많다.

정말 하찮은 자들만 모여 있다.

그러나 힘은 확실하다.

최소한 B랭크 최하위의 실력자로, A랭크 힘을 지닌 자도 여덟 명 정도, S랭크 영역의 자도 두 명 있다.

소국 정도라면 농담이 아니라 이곳에 있는 서른 명만으로 완전히 봉쇄할 수 있다.

"단, 완벽하게 하라고? 완벽하고, 철저하게 하는 거 알지? 어중간하면 안 돼? 죽이려면 죽여라. 범하려면 범해라. 뺏을 거면 뺏어라! 렛츠…… 파티 나이트!"

그렇게 제로의 말에 따라 남자들이 진군하며 함성을 질렀다.

기분 나쁜 오브제들이었다.

단적으로 말하면 인간이 창에 찔린 오브제였다.

항문에서 정수리까지 꿰뚫려, 마치 꼬치와 같은 상태가 되어서—— 그것이 도합 백을 족히 넘었다.

그것들이 불타오르는 불꽃을 배경으로, 불태워진 집락의 광장에 비좁게 늘어서 있었다.

결론부터 말하면 집락을 급습하여 15분 만에 판가름이 났다.

제로로서는 나의 레벨 업이라는 성교회 본부로부터의 임무는 나름대로 성실하게 할 마음인 듯했다.

저항하는 이교도 중에서 고랭크 모험가로 여겨지는 자는 우선적으로 내가 처리하라는 지시를 내렸기 때문이다.

B랭크 한 사람에 A랭크 하위가 두 명.

덕분에 레벨은 올랐다. 이쪽 교권의 마을을 몇 개나 없애며 돌아다닌 중죄인을 상대하는 것이므로, 그 점만 말하자면 딱히 불만도 없다.

그러나 현재 역시 창에 꿰인 기분 나쁜 오브제가 늘어선 상황을 앞에 두니 나의 기분은 밝지 못했다.

"오? 왜 그래, 코델리아?"

"이것이…… 인간이 할 짓입니까?"

여기저기서 비전투원인 여자들이 알몸으로 벗겨져 농락당하고 있었다.

비명과 피와 정액으로 넘치는 이 곳에서 나는 그저 입술을 깨물었다.

"역시 곱게 자란 모범생인 모양이네. 딱히 우리뿐만이 아니라 강도나 강간은 군대와 함께 하는 것…… 당연한 일이잖아? 세계대전 이후의 근대전도 아니니까. 뭐, 그렇다고 해도 여러 가지 사건, 사고는 따라다니는 법이지만."

"근대전?"

"뭐, 그건 신경 쓰지 않아도 돼. 아무튼 어쩌라고?"

"이 이상의 행패는 그만두도록 해주십시오."

"싫다고 말하면 어떡할 건데?"

나는 허리에서 검을 뽑아 제로를 향해 겨눴다.

"최악의 경우 힘으로 호소……할 수밖에 없을지도 모릅니다."

"하하, 그거야말로 그만둬."

"어떤 보고가 당신에게 올라갔는지 모릅니다만, 오거 사건에서 저는 크게 레벨이 상승했습니다. 지금이라면 S랭크 영역에도……."

"그 정도 힘이면 그만두라니까."

"…………."

나는 얌전히 검을 검집에 넣었다.

이 기사단에는 나를 제외하고 S랭크가 두 명이나 소속되어 있다.

그 중 한 명이 제로이다.

보아하니 힘은 버서커 상태의 나와 거의 호각으로 보이는데…….

하지만 여기서 제로를 베어낸다고 해도, 다른 무리가 있다.

이 일단 전원을 얌전하게 만들기란 불가능할 것이다.

"역시 착한 애구나."

"…………."

"속은 완전히 뒤틀릴 텐데, 냉정하게 주판알을 튕기고 몸을 빼내는 부분이."

"…………."

"정말 짜증나네………… 옛날 나 같잖아."

"……네? 지금…… 뭐라고?"

그때 주위가 소란스러워졌다.

여기저기서 갑옷을 벗고 여자들을 학대하던 무리의 70퍼센트가 그 자리에 내던졌던 무기를 손에 들었다.

그리고 곧 총대장인 제로를 향해 눈을 부릅뜨고 달려왔다.

"누……누……누님!"

승전한 기분으로 미친 듯이 즐기고 있던 무리의 안색이 바뀌는 것도 당연하다.

우리 눈앞에는——.

——오거 엠퍼러가 다섯 마리나 있었기 때문이다.

"흐음. 이번 사교도는 상당히 기합이 들어간 모양이네. 이거 마을 하나나 두 개가 아니라, 혹시 소국 하나라도 공격해서 함락할 생각이었는지도 모르겠어."

기사단원들 모두가 침착함을 잃었다.

S랭크로 지정된 마물이 동시에 다섯 마리다.

아무리 성교회에서 굴지의 전력을 자랑하는 이 기사단이라도 총력전은 불가피하다.

당연히 나도 이미 도주 경로를 따지고 있었다.

그야 나는 이들에게 아무 친밀감도 없고, 오히려 혐오감밖에 품고 있지 않기 때문이다.

지금까지 평범한 용사로서 강화 프로그램으로 동행했던 사람들이라면, 나는 한 사람이라도 많이 구하기 위해 움직였을 것이다.

그러나 이번에 한해서는 그렇지 않다.

조금이라도 위험해지면, 가장 먼저 이 자리에서 도망치기로 했다.

나는 주위를 둘러보았다.

무기를 들고 제로에게 달려온 기사단원은 70퍼센트. 참고로 이들은 베테랑뿐으로 B랭크 상위 ~ S랭크 정도의 실력자들이다.

나머지 30퍼센트는 무기를 손에 들고 있지도 않았다.

덧붙이자면 이 녀석들은 모험가 길드 기준으로 B랭크 하위 수준으로, 기사단에 들어온 지도 얼마 되지 않았다.

"못 해먹겠네! 뭐가 디스트로이&제노사이드냐! 죽으면 의미가 없잖아!"

인원수로 따지면 전력의 30퍼센트가 공포로 순식간에 전선에서 이탈했다.

이론대로 말하자면, 이것은 완전히 패배한 상태이다.

뭐, 이것으로 나는 달아나기 위한 구실이 충분해졌다.

나중에 높은 사람에게 어떤 힐책을 받더라도, 목숨의 위기를 느꼈으므로 용사로서 신탁을 받은 자신의 목숨을 최우선하여 움직였……고 보고하면 그것으로 됐으니까.

그러니 슬슬 물러날까.

도주 경로를 다시 확인하던 차에, 나의 등줄기로 차가운 것이 흘렀다.

제로와 제로 주위에 몰린 베테랑 모두가 이 세상의 오물을 한 곳에 모은 추악한 미소를 짓고 있었기 때문이다.

"마법과…… 화살."

제로가 손바닥을 슥 들자, 마법사와 궁수가 오거 엠퍼러가 아닌 도망치는 무리를 향해 지팡이와 활을 겨눴다.

"다 죽여── 경험치를 벌 때다!"

슉슉 화살이 날아가는 소리가 울리더니, 도망치던 무리가 픽픽 쓰러지는 소리가 들렸다.

그리고 잠시 뒤 마법사에 의한 극대마법이 일제히 쏟아졌다.

일격, 일격이 엄청난 MP를 소모하는 큰 기술들이었다.

나는 어처구니가 없는 것을 넘어서, 전율한 나머지 말문을 잃었다.

──이 녀석들 오거 엠퍼러 무리가 등 뒤에 있는데…… 어째서…… 동료끼리 싸우는 거야?

지금은 도망자의 숙청 따위는 아무래도 좋을 일이잖아?

목숨이 위험한데?

그런데…… 왜 MP를 낭비하는 건데.

절대적인 자동 회복능력을 자랑하는 오거 엠퍼러가 상대잖아?

마법사의 극대마법의 대화력이 가장 유효한 것이 당연한 상황에 왜 가장 중요한 MP를 이런 곳에서 쓸데없이 소비하도록 시키냐고.

그런 생각을 하던 중, 제로가 나의 어깨에 손을 톡 올렸다.

"너 말이야……."

제로가 무언가를 말하려던 순간, 나는 등 뒤에서 흉악한 기의 파동을 느꼈다.

그리고 오거 엠퍼러들에게 다시 시선을 보냈다.

이어서 나는 경악하고 말았다.

"귀……신……?"

그때 류토가 토벌한 개체와 똑같은 소년와 같은 모습을 보고, 나는 그 자리에 주저앉을 뻔했다.

"지금 당장 후퇴하세요. 저건 S랭크를 넘어 헤아릴 수 없을 만큼 강해요. 저건 오거의 최종 진화형으로——."

이 기사단이 맘에 들지 않는 다는 점은 변함이 없다.

이곳을 이탈하는데 아무런 주저도 하지 않겠지.

하지만 이대로 무시하고 빠져나갔다가, 나중에 아무 저항도 하지 못한 채 전멸했다는 결과를 듣는다면 그것 또한 뒷맛이 나쁠 것이다.

그런 친절함에서 나온 나의 진언을 제로가 비웃으며 말했다.

"마술사들의 일제 사격에 굉장히 신기하다는 얼굴이던데? 코델리아?"

"네, 뭐, 그야…… 가장 중요한 MP의 낭비니까요."

귀신의 출현을 들어도, 제로는 전혀 동요하는 모습을 보이지 않았다.

그러기는커녕 좋은 사냥감이 나타났다는 듯 입맛을 다셨다.

"왜 MP를 낭비했을까. 그야 당연하잖아."

제로가 슬쩍 오른손을 들었다.

바로 기사단 전원이 다섯 걸음 뒤로 물러섰다.

이어서 제로가 귀신과 오거 엠퍼러를 향해 다섯 걸음 나아갔다.

"내가 있으니까."

상대편에서도 대장인 귀신이 이쪽을 향해 걸음을 옮겼다.

"기묘한 인연이군."

"기묘하다니?"

"서쪽 토지에서는 환생자의 감언이설에 넘어간 형제가 불행한 사고를 당했다고 하오. 그리고 이쪽에도 어찌된 일인지 환생자. 가능하면 나는 얽히고 싶지 않소만…… 정말 기묘한 인연이야."

"환생자……. 아아, 과연. 그래서 귀신이라는 건가. 뭐, 됐어, 그보다 왜 댁은 여기에 있는 거지?"

"갈 곳을 잃었거든. 부정적인 기운을 따라 헤매며 걷다보니 이곳에 도착했소. 이 토지의 인간들은 인간을 미워하고 있으니까. 마물보다도 훨씬 마물 같은 증오의 산물이라오. 따라서 나는 우호관계를 맺었지."

"하하. 그야 그렇겠지. 진짜 귀신보다도, 복잡한 감정을 가진 인간이 훨씬 더…… 귀신에 가까우니까."

"그것 또한 진리라오. 그런데 여기서 물러나주지 않겠나? 뭐, 가능하면 얽히고 싶지 않은 것은 사실이네만, 어쩔 수 없다면 나도 사양하지 않겠소."

제로는 귀신의 말을 무시하고, 나를 향해 돌아보았다.

"좋은 걸 보여줄게, 코델리아! 이게 이 세계의 주민으로서는 결코 얻지 못하는 초 레어 스킬── 여신의 선물이야!"

그러며 제로가 오른손의 엄지와 중지를 딱 울렸다.

바로 제로에게서 억양이 없는 기계음성과 같은 목소리가 들렸다.

"연산 조건: 아군의 무사 귀환과 5분 이내 귀신의 토벌. 제한시간은 20초 이내. 시뮬레이션 개시…… 20초 이내…… 해당사항 제로. 연산 조건을 30초 이내로 하여 다시 연산 개시…… 3만가지의 공방 시뮬레이션 결과 해당사항 제로. 연산 조건을 1분 이내로 하여 다시 연산 개시…… 7만 가지의 공방 시뮬레이션 결과 해당사항 1. 이것으로 뇌에 시뮬레이션 결과를 복사. 소뇌와 마법회로의 최적화를 실행합니다…… 프로세스 성공. 이것으로 다양한 이레귤러의 존재를 고려하여도 1분 이내 무사 귀환하여 승리할 가능성이 99.999999999999999 퍼센트가 되었습니다."

제로가 허리에서 검을 뽑아 귀신을 향해 들었다.

"시뮬레이션 완료. 이것으로 승리가 확정되었어."

곧바로 제로가 귀신을 향해 달려들었다.

나에게 그 모습은 그저 무모한 돌진으로밖에 보이지 않았다.

상대는 귀신으로, S랭크 하위 정도의 힘밖에 없다는 제로가 대처할 수 있을 리가 없다.

제로가 서로의 공격 범위로 들어갔을 때, 나는 저절로 눈을 가렸다.

압도적으로 격이 높은 상대에게 제로는 무방비하다는 말밖에 할 수 없을 만큼 바로 위에서 똑바로 내리치며 경계심 없고 뻔한 공격을 가했기 때문이다.

카운터를 날리려는 듯 귀신이 주먹을 쳐들었다.

"흠. 환생자라고 했다만…… 스테이터스는 S랭크 하위 정도인가? 그 수준으로 나에게 아무 대책도 없이 공격하다니 가소롭군."

말이 끝남과 동시에 엄청난 속도로 귀신의 오른쪽 주먹이 제로의 배를 향해 날아갔다.

그 앞에 보이는 제로의 움직임은 도저히 전투 기술을 체계적으로 습득한 자가 보일만 한 것이 아니었다.

아니, 그 이전에 전장에 몸을 둔 자로서 말도 안 되는 움직임이었다.

귀신이 주먹을 뻗기 직전, 제로는 발밑의 돌멩이에 걸려 그 자리에서 넘어졌기 때문이다.

그리고 꼴사납게 쓰러져 데굴데굴 옆으로 굴렀다.

"돌에 걸려 넘어졌……다고?"

제로가 일어나 히죽 웃었다.

"아니, 피한 거야."

제로의 말대로 확실히 귀신의 주먹은 허공을 갈랐다.

지금 움직임이 시뮬레이션에 의한 것이라면…… 나의 온몸에 소름이 쫙 끼쳤다.

"말도 안 돼…… 나에게는 정말 넘어진 듯이 보였소만. 그러나…… 이 수준의 싸움에서 과연 그런 일이…… 일어난 단 말인가?"

귀신이 고개를 갸웃한 순간, 제로는 검을 드높이 쳐들었다.

이어서 제로가 귀신을 향해 달려갔다.

바로 위에서 내리치려고 했으나, 바닥에 생긴 피 웅덩이에 미끄러져 요란하게 넘어졌다.

미끄러지면서 검이 귀신에게 날아갔다.

"헉?!"

예측 불가능한 제로의 움직임에 귀신은 어안이 벙벙한 표정을 지었다.

일단 귀신이 날아드는 검을 피하려는데…… 그도 역시 지면에 생긴 피 웅덩이에 발이 미끄러졌다.

뒤엉키듯이 두 사람은 그 자리에 넘어졌다.

그리고 어느새 귀신의 어깨에 제로의 검이 깊숙이 박혀 있었다.

"어째서……? 압도적인 방어력을 자랑하는 나에게…… 왜 이런 식의 검격이 통하는 건가?"

제로는 구르면서도 귀신에게서 거리를 벌리고, 일어나자마자 검을 쥐고 자세를 잡았다.

"크리티컬 히트야. 완전히 기습이거나, 예상외의 럭키 펀치가 깔끔하게 들어갔을 때에는 방어력의 수치가 무효화돼. 그리 볼 수 없지만, 그것이 이 세계의 섭리야."

"설마…… 환생자여, 그대가 일부러 크리티컬을 발생시켰다고?"

"당연하잖아."

잠시 나는 말문이 막혔다.

눈앞에서 일어나는 일의 의미가 이해되지 않았다.

걸리고, 넘어지고, 미끄러져서 구르고…….

이것은 S랭크 이상의 전무후무의 고등한 격투전일 터였다.

그런데 눈앞에서는 어린이의 싸움 같은 광경이 펼쳐지고 있다.

심지어 그 결과 크리티컬 히트를 귀신이 맞고, 상당히 큰 부상

을 입고 말았다.

나로서는 이제 뭐가 뭔지 모르겠다.

"하지만 나는 재생 능력을 지니고 있소만?"

"50연발이야."

"흠? 50연발?"

"크리티컬 50연발로…… 넌 끝날걸."

말을 마치자마자 제로가 귀신에게 돌진했다.

첫수.

위에서 내리치기.

귀신은 회피를 하려고 했지만, 갑작스러운 강풍에 모래먼지가
날려 눈에 들어갔다.

그때 다시 제로가 발이 미끄러졌고, 귀신은 기발한 움직임에
대처하지 못하고 공격받았다.

당연한 듯이 크리티컬로 들어가 귀신의 피부가 크게 찢어졌다.

둘째 수.

제로는 그 자리에서 검을 높이 내던지고, 귀신은 검이 날아간
상공을 쳐다보지 않았다.

그대로 제로는 백 스텝을 밟으며, 주머니에서 나이프를 꺼내

귀신의 어깨를 향해 던졌다.

귀신은 나이프를 피하였지만, 뒤에서 제로가 내린 지시로 기사 단원이 날린 무기가 빗발치듯 날아왔다.

이것도 몇 개가 크리티컬로 들어가 귀신은 피부가 크게 찢어졌다.

그리고 그 뒤의 공격은 더욱 심했다.

전투 기술은 확실히 귀신이 제로보다 위였다.

하지만 다스 단위로 가하는 귀신의 공격 모두가 마치 처음부터 그렇게 될 것을 안다는 듯이…… 예지능력처럼 빗나갔다.

"이런 것이 검술이라니…… 나는 인정할 수 없어."

어린이가 목검을 휘두르는 편이 나을 정도이다.

대부분 농담처럼 보이는 움직임과 검술이다.

그렇지만 카운터는 들어갔다.

미리 그렇게 정해진 것처럼 모두 크리티컬로 귀신의 피부에 깊은 상처를 새겨나갔다.

마흔여덟 번째 수. 마흔아홉 번째 수…… 그리고 쉰 번째 수.

이미 엉망이 되어 바닥에 쓰러진 귀신의 목을 향해 제로가 검을 휘둘렀다.

"자, 쉰 번째야."

휙 하고 바람을 가르는 소리가 주위에 울렸다.

그리고 귀신의 목이 날아갔다.

"다음은 저놈들인가."

제로의 시선 끝에는 다섯 마리의 오거 엠퍼러가 있었다.

그들은 귀신이 당한 사실이 믿겨지지 않는 듯, 그저 하염없이 허둥댈 뿐이었다.

"자, 코델리아? 이제 무슨 일이 일어날지 알아?"

"…………."

나의 침묵에 제로가 즐거워하며 웃었다.

이어서 제로는 아까와 마찬가지로 오른손 엄지와 중지를 딱 울렸다.

제로에게서 다시 억양이 없는 기계음성과 같은 목소리가 들렸다.

"연산 조건: 아군의 무사 귀환과 5분 이내 오거 엠퍼러 다섯 마리의 소멸…… 제한 시간은 20초 이내. 시뮬레이션 개시…… 20초 이내…… 해당사항 제로. 연산 조건을 30초 이내로 하여 다시 연산 개시…… 3만 가지의 공방 시뮬레이션 결과 해당사항 제로. 연산 조건을 1분 이내로 하여 다시 연산 개시…… 7만 가지의 공방 시뮬레이션 결과, 해당사항 제로…… 조건 해제. 스킬의 사용을 허가…… 재검색. 20초 이내의 토벌…… 해당사항 있음…… 지금부터 뇌에 시뮬레이션 결과를 복사. 소뇌와 마법회로의 최적화를 실행합니다…… 프로세스 성공. 이것으로 다양한 이레귤러의 존재를 고려하여도 무사 귀환하여 승리할 가능성이 99.999999999퍼센트가 되었습니다."

검을 오른손에 들고, 제로가 오거 엠퍼러 무리를 향해 나아갔다.

"스킬: 인비저블(투명화)."

제로가 휙 사라지더니, 아무것도 없을 터인 공간에서 제로의 목소리가 들렸다.

"이게 내가 여신에게 받은 스킬 두 번째야. 앞을 예측하는 스킬과 상성을 중시해서 골랐는데…… 뭐, 투명해지고 말고의 차이로 연산 결과가 하늘과 땅만큼 달라지니까."

그리고 짧은 시간이 지난 뒤, 한 마리의 오거 엠퍼러의 온몸에 상처가 생겼다.

온몸에 크리티컬 공격을 받은 모양이다.

간헐천처럼 기세 좋게 오거 엠퍼러가 피를 뿜어냈다.

"우오——아……아……."

쿠웅 하는 중저음과 함께 오거 엠퍼러가 그 자리에 쓰러졌다.

땅이 울리는 와중에 추가로 다른 한 마리에게 같은 현상이 벌어졌다.

다시 쿠웅 하는 중저음과 함께 오거 엠퍼러가 그 자리에 쓰러졌다.

——여기까지 경과 시간은 겨우 5초이다.

그리고 어느새 세 마리째…… 아니, 이어서 네 마리째 오거 엠퍼러도 바닥에 쓰러졌다.

일방적으로 오거 엠퍼러가 보이지 않는 적에게서 참격을 받아, 어쩔 도리도 없이 잘게 썰려나갔다.

모든 공격이 크리티컬로 들어갔다.

오거 엠퍼러의 압도적인 회복능력 따위는 상관없다고 말하는 듯했다.

그렇게 나의 눈앞에서 마지막 오거 엠퍼러가 쓰러졌다.

여기까지 15초이다.

귀신과 오거 엠퍼러를 합쳐서 도합 여섯 개의 사체가 생겼다.

즉, 그저 일방적으로 귀신과 오거 엠퍼러가 농락당했다는 사실만이 그곳에 있었다.

류토조차도 귀신과 서로 치고받으며 좋은 승부를 펼쳤다고 한다.

검사가 귀신과 치고받다니…… 하며 그때는 쓴웃음을 지었다.

하지만 그것은 즉, 검만 쓰지 않으면 귀신은 류토와 괜찮게 싸울 수 있다는 뜻이다.

류토보다도 귀신이 훨씬 약한 것은 분명하다. 그러나 전혀 상대가 되지 않는 것도 아니다.

하지만 제로는 다르다.

제로는 스테이터스가 어떻든, 스킬이 어떻든, 그런 차원을 초월하고 말았다.

운명이나 행운을 관장하는 신의 주사위가 있다고 가정하자

그 경우, 그녀는 자신의 의지로 주사위 눈을 원하는 대로 백 퍼센트 낼 수 있다.

나나 릴리스, 코하루는 물론이고, 류토와 비교해도…… 제로의 강함은 너무 이질적이다.

"확실히 강해. 이상할 만큼 강해. 하지만 당신에게는 약점이 있어."

"약점?"

마법, 혹은 그에 속하는 공격에 의한 전방위 폭격."

그 말에 제로가 눈을 크게 뜨더니── 그 자리에서 큰소리로 웃기 시작했다.

"코델리아? 내 직업이 뭐라고 생각해?"

"성기사…… 앗!"

그때 나는 자신이 얼마나 어리석은 말을 했는지 깨달았다.

"네 말이 맞아. 확실히 나의 유일한 약점은 전방위 폭격이야. 하지만 나는 성기사야. 몇 초간이라면 모든 공격을 무효화할 수 있는 신의 법의라는 스킬이 있거든."

"…………."

"당연히 전방위 공격조차 포함한 공격에 대해서도 앞을 읽을 수 있어. 시뮬레이션(미래 연산)·인비저블·신의 법의. 이 삼종의 신기는 누구도 깰 수 없어."

솔직히 말하자면, 이번에 최종적으로는 류토에게 부탁할 것도 생각했었다.

지금 그 녀석은 국가를 상대로 혼자서 싸움을 걸 수 있을 만큼 강하다.

최종수단이기는 하지만, 내 마음의 안식처가 된 것도 사실이었다.

하지만 이 녀석 제로는──.

──아무리 류토라도 이길 수 있으리라는 생각이 들지 않았다.

마을사람입니다만,
"I am a villager,
what about it?"
Story by Arata Shiraishi, Illustration by Famy Siraso
문제라도?

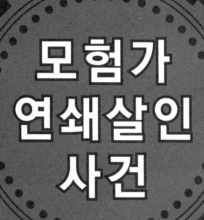

모험가 연쇄살인 사건

"I am a villager, what about it?"
Story by Arata Shiraishi, Illustration by Famy Sirasa

"너희가 우리 운반인인 E랭크 모험가냐?"

길드 안으로 들어가자, 커다란 남자가 의심쩍은 시선을 보내며 처음 한 말이 이것이었다.

"그래."

나는 릴리스를 가리키며 말을 이었다.

"의뢰대로 이 녀석이 아이템 박스 스킬을 갖고 있고, 그 레벨은 맥스야. 의뢰는 그냥 운반만 하는 거라고 했지. 그러니 보수는 한 사람 몫이면 돼. 나는 의뢰와는 상관없이 이 녀석을 멋대로 호위하는…… 그냥 그런 따라가는 존재니까."

우리 눈앞의 테이블에 앉은 것은 남자가 세 명에 여자가 한 명.

전사, 검사, 마법사, 승려. 매우 일반적인 파티로 실력은 종합 C랭크 중위 정도일 것이다.

개개인으로 따지면 D랭크의 시원찮은 베테랑이다.

리더로 보이는 커다란 전사 남자가 턱수염을 어루만졌다.

"우리는 며칠에 걸쳐 장시간 토벌 의뢰를 수행할 거다. 그리고 너희는 우리의 서포트 역할이다. 즉, 당연한 일이지만 잡일도 너희가 해줘야겠어."

릴리스가 대화에 끼어들었다.

"……그건 의뢰 모집 내용과 달라. 내 일은 운반인 포터(porter). 그리고 류토는 그냥 일행."

남자가 리즈를 가리키며 어깨를 으쓱했다.

"우리는 E랭크 모험가를 모집했어. 그런데…… 이건 뭐지? 같이 데려갈 셈인가? 어린애 심부름이 아니라고?"

남자가 리즈를 가리키며 이쪽을 무시하는 미소를 지었다.

그 순간 릴리스의 관자놀이에 핏대가 섰다.

"……리즈는 물건이 아니야. 이거라는 표현은 하지 마."

나는 릴리스를 손을 제지하고, 남자에게 말을 걸었다.

"이 애도 포함해서 내가 경호할게. 피해는 끼치지 않을 테니까."

"아이템 박스 스킬을 다루는 술자가 죽는 경우, 그 자리에 짐이 흩어져. 도저히 갖고 돌아갈 수 없을 만큼 사냥감을 사냥할 생각이라고. 왜 이쪽이 중요한 운반인이 위험해질…… 걸림돌을 데려가는 리스크를 쓸데없이 져야 하냔 말이다?"

"어차피 우리는 전투에 가담하지 않아. 너희가 마음대로 싸우는 걸 멀리서 지켜볼 뿐이야. 우리도 초보는 아니고, 위험해지면 안전한 지역까지 잘 도망칠 테니 안심해."

"너 말이야? 그런 건 이쪽도 알고 있어. 그러나 짐을 떠안는 것도 사실이다. 그럼 잡일 정도는 요금과 별도로 해주기를 바라는 게…… 그렇게 무리한 요구인가?"

뭐, 일리는 있다.

확실히 운반인 모집 의뢰에는 '단 E랭크 모험가 이상'이라는 한정 조건도 붙어 있었다.

리즈를 데려가는 것은 이쪽 사정이고, 이 녀석들과는 상관이 없는 일인 것도 사실이다.

"그래, 알겠어."

"이거 잘 됐군. F랭크 모험가라도 잡일 의뢰를 내리려고 했는데. 토벌 의뢰의 동반은 비싸게 받으니까 말이야. 식사, 세탁부터 야영, 오물의 폐기처리까지…… 뭐든지 해주겠지?"

"……류토에게 잡일은 시키지 않아."

"됐으니까 가만히 있어, 릴리스."

"……하지만."

"가만히 있으라고 했잖아."

릴리스가 시무룩한 표정을 짓는데, 남자는 이야기가 끝났다는 듯 손바닥을 마주쳤다.

시간은 거슬러 올라가 며칠 전 해질녘.

네 명의 모험가 파티는 술집에서 고급 와인을 마시고 있었다.

"그나저나 역시 형님은 천재라니까요! 낮은 랭크에 아이템 박스 스킬을 지닌 사람을 모집하는 게…… 이렇게 돈이 될 줄이야 저는 생각도 못 했다고요."

검사 남자가 리더로 보이는 커다란 전사 남자의 잔에 술을 따랐다.

"으하하하! 그야 그렇지. 아이템 박스 스킬은 레어 스킬이니까. 의뢰 보수도 높고, 낮은 랭크라도 그야 약간의 목돈을 모을 수 있거든!"

"게다가 자신의 자금 모두를 자기 아이템 박스에 넣어서 들고 다니니까요."

그때 마법사 여자가 몹시 기분 좋게 와인잔에 입을 댔다.

"토벌 의뢰에 운반인으로 동행하던 중…… 마물에게 당한 것으로 꾸미고, 우리가 동행 모험가를 죽여. 그리고 보물만 차지하다니…… 대단한 발상이네."

"맞습니다, 누님! 우직하게 위험을 무릅쓰고 마물을 잡는 건 바보나 할 짓이에요!"

그러나…… 노년의 승려가 턱수염을 어루만지기 시작했다.

"이 방법을 채용한 지 벌써 일 년이야. 한 번씩 여러 길드를 돌아다니며, 아이템 박스 스킬을 지닌 자를 사고사로 보이게 했으나…… 슬슬 물러날 때가 됐어."

전사 남자가 동의하며 다시 으하하 웃었다.

"어차피 우리 파티 전력으로 B랭크에는 올라가지 못해. 나이도 다들 슬슬 힘든 것도 있으니…… 마지막에 노후 대비까지 단숨에 벌자는 거다! 이번 사냥감은 아이템 박스 스킬이 맥스라고 했으니까…… 기대할 수 있어!"

그렇게 그들은 각자 잔을 손에 들었다.

"그럼 마지막 일에…… 건배!"

짠 하는 소리가 울리며, 모두가 비열한 미소를 지었다.

모험가 네 명의 건배로부터 하루 전.

장소는 모험가 길드의 길드 마스터실.

"흐음. 아이템 박스 스킬을 지닌 자의 연쇄살인사건……이라."

길드 마스터 아저씨가 의심하는 얼굴로 고개를 끄덕였다.

"네, 각지의 길드를 돌아다녀서, 좀처럼 꼬리가 잡히지 않습니다. 그러나 아마 틀림없겠죠. 동기는 돈입니다. 아이템 박스 스킬이 있으면 모험가 랭크에 비해 보수가 많고, 전 재산을 들고 다니는 일이 많으니까요."

"뭐, 강도로서는 군침이 돌겠지."

"네, 맞는 말입니다. 그리고 직업이 강도라면 아이템 박스 스킬이 있는 사람을 노리고 사냥하기는 어렵지만, 동행 의뢰라는 형태로 모험가를 조건을 붙여 모집할 수 있는 경우에는…… 이야기가 달라집니다."

"잘 이해가 안 가는데?"

"안 간다고요? 뭐가 말입니까?"

"베테랑 이상의 모험가는 기본적으로 돈을 많이 갖고 있지 않아?"

"확실히 보수는 많습니다만, 위험을 전재로 한 보수니까요. 게다가 돈 낭비가 심한 사람도 많고, 나이에 걸려 어중간한 사람은 노후 대비에 절망하는 자도 적지 않으니까요."

뭐, 그런 건가.

아저씨의 비서가 내준 홍차를 마셨다.

촌스러운 얼굴에 안 어울리게 좋은 홍차를 마시는데. 외모를 보면 맛의 차이를 안다고는 도저히 생각할 수 없지만……

"우리가 그런 악질적인 모험가 파티와 동행할 경우에 무슨 이득이 있지?"

"상대가 류토 씨나 릴리스 아가씨를 죽이려고 할 경우, 그 자리에서 반격하거나 무력화해주시면 좋겠습니다."

"그래서? 우리에겐 이득이 없잖아?"

"두 분은 C랭크 모험가 파티에 동행하는 것 아닙니까?"

"그러니까 이득이 뭐냐고?"

"베테랑 모험가 파티는 예상외로 많은 수의 토벌 난이도 B랭크의 더 강한 마물에 둘러싸여…… 맹렬하게 싸웠으나, 운이 없게도 마물과 함께 전멸하고 말았다고 하면 되지 않을까요. 실제로는 그들은 저에게 넘겨주시면 그걸로 됐습니다."

그 말에 나는 손뼉을 마주쳤다.

"과연, 지난번처럼 공적만 가로채는 식으로 하면 된단 말이지?"

"그렇습니다. 그런 경우에는 관례상…… 살아남은 동행자에게 의뢰를 달성했다는 실적이 주어집니다. 틀림없이 두 분은 D랭크 모험가로 승격하겠지요."

그렇구나.

어떤 의미로는 눈에 띌지 모르지만, 딱히 부자연스러운 점이 없는 랭크 업 방법이다.

그리고 일 한 번으로 빠르게 랭크를 올릴 수 있다는 점도 마음에 들었다.

"좋아, 그 이야기…… 받아들이겠어!"

일행이 받은 토벌 의뢰는 습지대에 집락을 만든 리저드맨 무리의 소탕이다.

토벌 난이도는 단일체가 E랭크 하위이며, 1백~2백 마리 정도에 D랭크 상위가 된다.

실제로 이번에 예상된 숫자는 1백~2백으로, 일행의 파티 전력이라면 안전권이라고 생각할 만한 적당한 의뢰일 것이다.

습지대의 리저드맨 집락까지의 거리는 그럭저럭 멀다. 다녀오는 것만으로도 거의 사흘은 걸리는 장소에 위치한다.

그러면서 토벌의 성공 보수는 은화 스무 개 정도(일본 엔으로 20만 엔)로 낮고, 웬만해서는 경비로 다 날리지만, 이것에는 숨겨진 이유가 있다.

리저드맨의 소재는 그럭저럭 괜찮은 가격으로 팔리기 때문에 그 매각도 포함하면 금화 하나~둘(1백 만 엔~2백 만 엔) 정도가 되기 때문이다.

무구나 장비품의 열화며 소모품을 대략 생각해도, 수입은 나름대로 흑자가 난다.

다만 그것은 목숨을 걸고 위험에 몸을 던졌을 때의 이야기다.

뭐, 제대로 된 길드 일보다도 수입이 좋고, 또한 안전한 강도 일에 발을 담그는 마음도 모르는 바는 아니다.

자신보다도 훨씬 약한 모험가에게 함정을 파고, 사고사로 위장하여 전 재산과 함께 목숨을 빼앗는다.

그것은 무척 쉽고, 안전하며, 수입도 클 것이다.

그러나 그들은 커다란 착각을 하고 있다.

함정에 빠뜨려 누군가를 죽이는 수단을 선택했다는 것은 자신들도 다짜고짜 같은 꼴을 당해도 불평하지 못하기 때문이다.

뭐, 한마디로 나와 릴리스에게 무슨 짓을 당해도 불평하지 못한다는 뜻이다.

마을을 나가 얼마간 동쪽 길로 나아갔다.

그리고 중간에 길에서 벗어나 살로메 초원의 길이 나지 않은 곳으로 들어갔다.

초원의 호수 옆을 지나, 그곳부터 펼쳐진 것이 이번 목적지인 코스타카 대습지이다.

맹그로브 같은 나무가 무수히 자란 늪지대라, 걸어가니 무릎까지 진흙땅에 파묻혔다.

모기와 파리가 너무 많아서 기분이 나빴다.

리즈를 데리고 행군하자니 꽤나 힘들다.

아까부터 내가 리즈의 손을 잡아끌고 있지만, 그녀의 경우에는 걸으면 진흙땅에 가랑이까지 파묻히므로, 제대로 나아가지도 못했다.

"나에게 업혀."

어쩔 수 없이 나는 리즈에게 제안했다.

"어…… 하지만……."

"됐으니까 사양하지 마."

반쯤 억지로 리즈를 업자, 릴리스가 볼을 부풀렸다.

"……나도 류토에게 업히고 싶어…… 아니, 닿고 싶어."

"바보 같은 소리 하지 마."

"……게다가 이 경우에는 서로 진흙투성이. 질척질척 흐물흐물 같은…… 그런 상태가 돼. 응. 이건 반드시 류토가 나를 업어야 할 일."

"언제부터 사고방식이 그렇게 괴상하게 된 거야, 너……."

그때 릴리스가 손바닥을 짝 마주쳤다.

"……먼저 리즈를 내가 업어."

"흠?"

"……그리고 리즈를 업은 나를 류토가 업어."

릴리스가 뽐내는 얼굴을 하고 말을 이었다.

"……이름 하여 부모 거북 위에 아기 거북…… 그리고 손자 거북 작전."

"대단한 말을 한 것 같은 얼굴이지만, 전혀 대단하지 않다고?"

차갑게 단언하자, 릴리스가 시무룩한 표정을 지었다.

그때 베테랑 모험가 파티의 리더격인 커다란 전사 남자가 입을 열었다.

"슬슬 해질녘이군."

전사의 말대로 아까부터 주위의 붉은 노을이 더 짙어졌다.

"야영지는…… 여기로 할까."

늪 속에 나타난 섬이라고 해야 할까.

수십 미터 앞에 풀이 잘 자란 단단한 육지가 보였다.

잠시 뒤 전원이 섬에 상륙하자마자 전사가 나에게 말을 걸었다.

"이봐, 꼬마? 아직 걸을 수 있나?"

"응. 그야 걸을 수 있는데."

그때 전사가 가장 연장자인 승려를 가리켰다.

"우리 할아버지는 보는 바와 같이 체력적으로 힘든 모양이다. 너네 여자들도 슬슬 한계겠지. 너의 일행이 텐트 준비와 불 피우기를 해줬으면 해."

승려는 숨이 찬 듯했고, 리즈는 애초에 늪지대에서 만족스럽게 걷지도 못한다.

릴리스는 문제없이 나아갈 수 있겠지만…….

"그런데? 무슨 일인데?"

"내일 진로를 사전에 어느 정도 확인해두고 싶어. 이 앞에 있는 길은 얼마간 이 늪지대에서 제일 힘든 구간이니까. 미리 봐두는 것과 그렇지 않은 것은 큰 차이가 나거든."

"……어떡할래?"

릴리스의 말에 나는 어깨를 으쓱하며 대답했다.

"어떡하고 뭐고 의뢰주가 말했으니까, 기대에 부응할 수밖에 없겠지. 다녀올 테니까 리즈를 부탁할게?"

다시 나아가기를 30분쯤.

조금씩 해질녘에서 일몰이라는 표현이 어울리는 시간이 되었다.

슬슬 돌아가지 않으면, 완전히 주위는 어둠에 둘러싸일 것이다.

그때 주변 나뭇잎이 흔들리는 소리가 나더니, 찰박찰박 늪을 밟는 소리가 여럿 들렸다.

숫자는 아마…… 열 남짓.

"큰일인데. 최악의 타이밍에 리저드맨 척후와 조우한 모양이군."

전사의 말에 검사가 나의 어깨를 두드렸다.

"이봐, 꼬마? 초보는 방해되니까…… 얌전히 물러나 있으라고?"

안 그래도 우거진 나무 때문에 시야가 나쁘고, 해가 질 때라 주위는 서서히 어둠에 뒤덮이려고 했다.

덤으로 걸리적거리는 늪에 발을 잡힌 상태.

그런 최악의 컨디션 속에 리저드맨 무리가 나타났다.

솔직히 이 녀석들만으로 해결할 수 있을지 매우 걱정된다.

"그럼 나는 뒤에 물러나 있으면 돼?"

나의 물음에 검사 남자가 대답했다.

"그러니 얌전히 있으라고 했잖아?"

"전혀 발언이 허락되지 않는다는 거야?"

리저드맨들이 슬금슬금 이쪽으로 다가왔다.

"아까부터 그렇게 말했잖아. E랭크 초보가 D랭크의…… 아니, 파티로서는 C랭크인 베테랑에게 의견을 내놓지 말라고?"

뭐, 나로서는 이 녀석들이 리저드맨에게 살해당하든 말든 아무 상관이 없다.

연쇄살인범의 꼬리를 잡지 못한 채 용의자가 사망.

그리고 그 후에 희생자가 나오지 않는다면, 미해결사건이라도 괜찮다.

그런 생각을 하는데, 리저드맨이 우리의 반경 15미터 권내로 들어왔다.

그때 리더격인 전사 남자가 외쳤다.

"시각은 황혼…… 아니, 반은 밤이다! 섬광마법을 써!"

"알겠어!"

묘령이라고 하기에는 다소 나이가 든, 마흔을 조금 넘은 마법사가 대답했다.

동시에 울려 퍼지는 굉음과 섬광.

그에 맞춰 검사가 순식간에 네 마리의 리저드맨을 베어냈다.

전사는 마법의 영창을 계속하는 마법사를 지키면서도, 요령 있게 근처에 있던 리저드맨을 한 마리 해치웠다.

그리고 몇 초 후.

"날려버려!"

전사의 말에 고개를 끄덕이며, 마법사가 외쳤다.

"호밍…… 라지 파이어!"

이건 상위마법에 속하는 기술이다.

파이어의 상위마법을 동시에 복수 발동시키고, 추가로 추적기능도 부여하는 편리한 기술이다.

"기익!"

"크규욱!"

"히갸악!"

째지면서 농담 같은 소리와 함께 리저드맨의 분사체가 만들어졌다.

이것으로 모두 열다섯 마리 정도였던 무리는 거의 괴멸하였고, 살아남은 몇 마리도 큰 화상을 입고 도주를 꾀하였으나, 등 뒤에서 검사의 참격을 받아 목숨을 잃었다.

"뭐, 대충 이 정도인가."

흐음…… 과연 베테랑 집단인데.

훌륭한 전투였다.

아니, 뭐, 백 마리에 포위되었다면 몰라도, 열다섯 마리 정도도 해결하지 못하면 베테랑이라 불리는 나이까지 살아남지 못했으려나.

"그런데 이만큼 리저드맨을 사냥해버린 것도 아깝네…… 포터가 있으면 마을까지 갖고 돌아갈 텐데."

일동이 동의하며 고개를 끄덕였다.

나는 어처구니가 없어 한숨을 내쉬었다.

──릴리스를 죽일 마음이 가득한 발언 아닌가.

아무래도 이 녀석들은 그런 사실조차 깨닫지 못할 만큼 머리가 좋지 않은 모양이다.

그때 리더격인 남자가 만족스럽게 입을 열었다.

"그럼 본론으로 들어갈까?"

"응? 본론?"

그 말에 검사 남자가 히죽 웃었다.

"헤헤…… 네 일행은 대단한 미형만 있던데?"

뭐, 실제로 그렇다고 생각한다.

"그래서?"

"안심해라. 죽이기 전에 실컷 범해 줄 테니까?"

과연.

여기서 정체를 드러낼 셈인가보다.

저승으로 가는 선물로 가르쳐주는 그런 것이다.

"강도의 표적이 되는 것은 아이템 박스 스킬이 있는 자의 숙명이거든."

"응, 그렇겠지."

"그러나 우리는 신중하다. 너도 그 여자의 호위라고 스스로 말했을 정도니까…… 조금은 실력이 있겠지? 그렇다면 먼저 정리해두는 편이 좋아. 그러니 일부러 별도 행동을 하는 식으로 유도했지."

그렇겠지.

전부 알면서 일부러 맞춰주고 있는 나의 마음도 모르고 남자가 의기양양하게 말을 이었다.

"뭐, 너와 네 일행의 불운한 점은 설마 상위 모험가 중에 그런 강도가 있으리라고는 생각하지 못한 거라는 거다."

그 말에 나는 크게 동의했다.

"불운하다는 건…… 동감이야."

"동감? 무슨 소리냐?"

"네가 나를 불운하다고 생각하는 것처럼, 나도 네가 불운하다고 생각한다는 뜻이야."

"…………?"

여기서 나는 히죽 웃었다.

"설마 너희도 S랭크를 아득히 넘는 모험가 상대로…… 싸움을 걸었을 줄은 몰랐을 테니까."

"무슨 소리를 지껄이는 거냐, 넌?"

검사의 말을 시작으로 세 사람이 배를 잡고 웃었다.

"에, 에, 에, S랭크? A랭크라도 실소를 금치 못할 텐데…… 농담도 정도껏 하라고?"

"우후후. 허세도 스케일이 너무 크면 역효과가 난다고? 적어도 길드에서 우리의 내탐 의뢰를 받은 B랭크 하위의 모험가나 C랭크 상위 모험가라는 식의 변명이라든가…… 여러 가지로 있지 않겠어?"

아니, 사실인데…….

그건 어찌됐든 상관없다.

그때 전사 남자가 나를 향해 히죽거리는 얼굴을 하고 다가왔다.

"헤헤…… 그나저나 네 일행은 엄청난 미형만 모였지만, 너도 꽤 귀여운 얼굴인데."

"형님…… 또 그러십니까?"

"나는 어느 쪽이든 가능하거든. 아니, 오히려 여자보다 남자가 더 좋아."

그 대화를 듣고, 소름이 끼치며 엉덩이로 식은땀이 흘렀다.

지난 역사의 나라면, 여기서 저항하지도 못하고 그냥 당하고 말았을 것이다.

그때 검사 남자가 커다란 전사 남자에게 애절한 목소리로 애원했다.

"형님…… 저도 어느 쪽이든 가능한 타입입니다. 하지만 여자는 범해도…… 남자는 안 건드려요. 왜냐하면 남자는 형님밖에 없으니까."

"헤헤, 귀여운 말을 하는데."

"형님이 남자를 억지로 건드리는 건…… 그런 성적 취향이니 어쩔 수 없지만요."

"맞아, 확실히 그렇긴 해."

"하지만…… 레이프는 괜찮아도, 바람은 안 된다고요?"

"그래, 분명 이 꼬마는…… 귀여운 얼굴이지만 나도 너밖에 없다. 마음까지는 빼앗기지 않았어."

형님은…… 이 녀석들은 그런 관계였나.

그보다 대화 내용이 너무 뜬금없잖아.

"후후, 꼬마야…… 놀랐니? 참고로 나는 레즈비언이야."

"아니, 안 물어봤는데."

그때 마법사 여자가 볼을 부풀렸다.

"참고로 아까 있던 할아버지…… 승려는 어린 여자애 취향."

"아니, 그러니까 안 물어봤다고."

마법사 여자가 입술을 추악하게 비틀었다.

"한쪽은 열 살도 되지 않고, 다른 한쪽은 열셋, 넷 정도일까?"

릴리스는 열여섯이지만, 조그매서 그렇게 보여도 어쩔 수 없다.

"응? 무슨 말을 하고 싶은데?"

"왜 어린애 두 사람을…… 그 자리에 남기고 왔을까. D랭크 모험가에 비해 상대는 E랭크에 평범한 어린아이. 저 할아버지는 단순한 승려가 아니라, 저 외모에 격투 스킬도 높은 몽크거든. 뭐, 저쪽은 저쪽대로 슬슬 시작하지 않을까?"

아, 그런 건가, 하며 어깨를 으쓱했다.

"그거 불쌍하게 됐네."

"어라? 동료가 유린당하는데 꽤나 여유롭네?"

아니, 오히려 할아버지 쪽이 위험하니까.

릴리스는 나와 달리 봐주지 않으니까……. 심지어 리즈를 매우 귀여워하고 있으니…… 자칫하면 여기 일대가 초토화될 우려가 있다.

그때 전사 남자가 입맛을 다시며 말했다.

"자, 그럼 즐기러 가볼까."

그러며 남자가 갑옷을 벗기 시작했다.

상반신이 알몸이 되자, 검사 남자가 숨을 죽였다.

"형님…… 몇 번을 봐도 반하겠습니다."

뭐, 확실히 근육이 잘 잡혀 있다.

지구의 보디빌더 대회에 나가면 꽤 좋은 성적을 거둘 것이다.

그때 전사 남자가 무언가를 떠올린 듯이 손바닥을 짝 마주쳤다.

"지금부터 너는 나에게 유린당할 거다."

"…………."

"그리고 내 직업은 전사다. 철벽의 방어력과 강인함을 자랑하지."

"뭐, 그게 전위의 방패인 전사에게 꼭 필요한 조건이니까."

전사 남자가 나를 향해 윙크했다.

기분 나쁘기 짝이 없다.

"그래서 말인데……."

"응?"

훌륭하게 단련된 근육을 탕 두드리며 이렇게 말했다.

"한 발만 때리게 해주마. 그걸로 네가 나를 아프게 만들면 무죄 방면이다."

무죄방면이고 뭐고 나는 전혀 나쁜 짓은 하지 않았는데…….

"왜 너 같은 나쁜 놈이 기회를 주는 짓을 하지?"

"당연하지 않나. 힘껏 때려도 미동도 하지 않는 나에게…… 압도적인 실력 차이를 느낀 너의 귀여운 얼굴이 절망으로 일그러지는 모습을 보고 싶으니까. 나는 태생이 사디스트거든?"

"…………."

더는 한숨밖에 나오지 않았다.

어이가 없는 표정의 나에게 전사가 자신만만한 얼굴로 말했다.

"힘껏 때려도 된다고? 갑옷이 없어도 나의 복근은 신참내기 모험가가 다루는 날붙이 정도라면 통하지 않으니까."

히죽거리는 검사와 마법사.

아마 한 대 때리게 하는 장난이 몇 번이나 있었던 모양이다.

세 명 모두의 눈동자에 절대적인 자신감이 엿보였다.

뭐, 격투직에 동격 이상의 모험가 랭크라면 이야기는 별개겠지만, 그 외의 하위 랭크 모험가에게 전사라는 직업의 절대 방어는 그리 쉽게 뚫리지 않으니까.

"그거 고맙네."

손목 스냅만으로 문을 노크하듯이 가볍게 때렸다.

내가 시키는 대로 힘껏 때리면, 이 녀석은 상반신 전체가 날아가 고깃덩어리가 되고 말 테니까.

"……크학……헉……."

쿵.

커다란 남자는 배를 감싸고, 새파랗게 질린 얼굴로 비지땀을 흘리며 몸을 웅크렸다.

검사 남자와 마법사 여자는 믿기지 않는다는 듯 눈을 크게 떴다.

뻐끔뻐끔 입을 몇 번이나 여닫더니 멍한 얼굴로 중얼거렸다.

"…………허?"

뻐끔뻐끔뻐끔뻐끔뻐끔뻐끔.

몇 번이고, 몇 번이고 검사와 마법사가 입을 여닫았다.

금붕어냐 너희, 라고 말하고 싶지만, 그 순간 검사가 정신을 차린 듯 마법사에게 물었다.

"누님…… 형님이 당해버렸어. 이 녀석은 대체?"

그 말에 마법사도 정신이 든 모양이다.

"먼저 첫 번째로…… 리더가 방심했다. 아니, 힘을 빼고 있었다. 압도적인 방어력과 강인함을 너무 과신하고 만 거야."

그것은 맞는 말이라고 나도 생각했다.

"그리고 두 번째로…… 믿기 어려운 일이지만, 이 꼬마가…… 아마 E랭크 실력이 아니라는 거지."

흐음…… 과연 베테랑 모험가다.

상황에 대한 인식능력이 높은 것 같다.

"누님? 그게 대체 무슨 말이에요?"

"아마 이 꼬마는…… D랭크 실력을 지닌 격투직."

나는 고꾸라질 뻔했지만 간신히 버텼다.

"그 말은?"

"그래."

두 사람이 서로 고개를 끄덕이더니, 비열하게 웃었다.

"D랭크 실력을 지닌 우리 두 명이 공격한다면…… 방심하지 않으면 지지 않아."

"누님? 콤비네이션은?"

"콤비네이션 R-5로 가자."

"알겠습니다!"

그대로 검사 남자가 나를 향해 바로 위에서 크게 내리쳤다.

하품이 나올 듯한 공격이다.

그러나 콤비네이션은 나쁘지 않다.

위에서 검으로 죽일 수 있으면 그것으로 좋고, 죽이지 못하면 그대로 마법사의 파이어 볼이 공격하는 형태일 것이다.

실력이 부족한 상황이라면, 검사의 등 뒤에서 마법사가 무엇을 하고 있는지는 파악하지 못했겠지만——.

"상대가 안 좋았네."

나도 상대도 검사다.

예의로써, 나는 엑스칼리버를 소환하여 그 자리에서 응전했다.

응전이라고 해도, 상대의 검을 끝부분부터 그대로 쳐서 베어냈을 뿐이지만.

상대의 검을 베는 김에 볼에 상처를 내두었다.

그리고 약간 시간이 지나서야 나의 공격을 깨달은 검사가 멍한 표정을 지었다.

끝부분부터 검신이 베인 검을 보고, 또 자신의 볼에 새겨진 상처를 확인했다.

"갸, 갸, 갸아아아아아아아아아아아아아아아아아아아아아아아아악!"

창백한 얼굴로 검사가 외쳤다.

입장이 반대였다면 나도 그랬을 것이다.

베려고 달려들었나 했더니, 어느새 검이 통째로 없어져 있고, 볼에서 폭포처럼 혈액이 흘러나오고 있다.

한마디로 무슨 일이 일어났는지조차 전혀 이해하지 못한 것으로, 전투 중에 이 이상의 공포는 좀처럼 마주칠 수 없다.

"누, 누, 누님! 검이! 볼이!"

"진정해!"

말과 동시에 마법사가 나에게 파이어 볼을 날렸다.

목표는 정확하지만 위력이 부족하다.

엑스칼리버를 한 번 휘둘러 마법식 자체를 베어냈다.

"마법을…… 베어냈다? 그런 일이 가능한 괴물을 우리가 상대하고 있다고?"

"누님…… 이거 혹시 우리는…… 엄청난 녀석을 상대하고 있는 것 아닐까요?"

이제야 알아챈 모양이다.

역시 D랭크라고 여겨지는 것은 내키지 않는다. 그런 의미에서 나는 안도의 한숨을 내쉬었다.

"맞아. 아마 이 남자의 실력은 모험가 랭크로 환산하면······ B랭크 하위."

다시 나는 그 자리에서 고꾸라질 뻔했다.

"세상에! 아아, 이제 우린 끝난 거 아닙니까, 누님!"

"침착해! 일단 너의 볼······ 상처가 깊네. 보여줘봐."

마법사의 손이 녹색 오라로 감싸였다.

그대로 마법사가 검사 남자의 볼에 손을 댔다.

"아무튼 진정해. 냉정하게 생각하면 도망칠 수 있는 판단이 가능해질 거야."

"헤헤, 누님은 공격뿐만이 아니라 회복마법도 일급이니까요."

그때 마법사가 의아한 표정을 지었다.

그리고 그 얼굴이 점점 새파랗게 질려갔다.

"꺄아아아악!"

찢어지는 절규가 숲속에 울려 퍼졌다.

"왜 그러십니까? 누님?"

"히익, 힉, 회, 회, 홰, 홰보, 회뵤…… 회복…… 마법이…… 듣지 않아."

"그게 대체 무슨 말이에요?"

마법사가 새파랗게 질린 얼굴로 말했다.

"……네가 신을 죽인 무기로 베어졌다는 뜻."

뭐, 인체의 근본 설계도인 영혼── 아스트랄체부터 베었으니까.

강제적으로 설계도대로 육체를 구축하는 자동회복이나 마법으로 하는 회복은 근본부터 절단하는 나의 애검 앞에서는 통하지 않는다.

"누님? 그게 무슨 뜻인데요?"

잠시 침묵하던 마법사가 하늘을 올려다보았다.

"틀림없이…… 그는 최소한 S랭크 모험가 하위 이상의 실력을 지녔을 거야."

으음──.

뭐, 그것보다도 훨씬 위지만…… 상황 파악은 아슬아슬하게 허용 범위 내인가.

그제야 여러 가지를 이해한 듯하여, 나는 두 사람에게 물었다.

"그런데 어떡할래 너희들?"

검사 남자와 마법사 여자가 빛과 같은 속도로 엎드려 빌기 시작했다.

""항복합니다! 죄송합니다!""

응, 나는 고개를 끄덕였다.

현명한 판단이다.

"뭐, 얌전히 군다면 나도 너희에게 이 이상 위해는 가하지 않을게."

그러자 검사와 마법사가 얼굴을 마주보며 안심한 표정을 지었다.

강도 살인을 하려고 했으니까, 그 자리에서 목이 잘리거나 고문을 당해도 어쩔 수 없다.

관대한 조치이니 안도의 한숨이 나오는 것도 당연한가.

"하지만 너희가 한 짓은 그냥 넘어가지 않겠어. 이대로 마을로 데려가 위병에게 뒤처리를 맡길 거야. 잘 해야 단두대에서 고통 없이 죽겠지. 보통은 목이 매달려 괴로워하며 죽어. 운이 나쁘면 구경거리가 되어 마시지도, 먹지도 않고 목숨이 끊어질 때까지 대중에게 돌을 맞겠지."

두 사람의 표정이 얼어붙었다.

"너희들…… 목숨까지 빼앗으면서 노상강도를 벌였지? 인과응보라는 말 알아?"

"…………."

"…………."

두 사람은 입을 다물고, 지친 표정으로 그 자리에서 창백하게 질렸다.

들은 바에 따르면 하급 모험가를 몇 사람이나 죽였다고 하니…… 뭐, 죽음은 면치 못할 것이다.

함무라비 법전처럼 눈에는 눈을 같은 법률의 사회이므로, 보여주기 식으로 피부를 벗기는 고문이 추가될지도 모른다.

"뭐, 어느 쪽이든 살인을 저지른 너희가 잘못했으니까."

그때 부스럭부스럭 소리가 들렸다.

전원이 시선을 보내자, 덤불 속에서 릴리스가 나타났다.

"왜 그래, 릴리스?"

"……류토? 괜찮아?"

"질문에 질문으로 대답하지 마."

상당히 서둘러서 왔는지, 릴리스가 어깨를 들썩이며 숨을 쉬고 있었다.

"괜찮냐니 뭐가?"

"……거기 여자."

"여자?"

릴리스가 무서운 얼굴로 마법사 여자를 노려보았다.

"……소년 취향이라 류토를 억지로 덮칠 예정이라고 들었어. 그래서 서둘러 여기로 왔어. 도둑고양이를 방지하기 위해서."

"무슨 말을 하는 거야, 너?"

"……승려. 할아버지가 그렇게 말했어."

그리고 보니 아까, 마법사 여자가 말했는데.

『참고로 아까 있던 할아버지…… 승려는 어린 여자애 취향. 한쪽은 열 살도 되지 않고, 다른 한쪽은 열셋, 넷 정도일까? 왜 어린애 두 사람을…… 그 자리에 남기고 왔을까. D랭크 모험가에 비해 상대는 E랭크에 평범한 어린아이. 저 할아버지는 단순한 승려가 아니라, 저 외모에 격투 스킬도 높은 몽크거든. 뭐, 저쪽은 저쪽대로 슬슬 시작하지 않을까?』

흠.

아무래도 진성 변태인 할아버지에게는 작달만해서 실제 나이보다 어리게 보이는 릴리스조차 취향이 아닌 모양이다.

아니면 실제 나이가 열여섯인 것이 들켰나.

"……류토? 무슨 소리야?"

"어린애…… 아니, 리즈를 강간하는데 네가 방해된 거야. 그리고 너는 감언이설에 넘어가 이쪽으로 와버린 거고."

릴리스의 안색이 점점 파랗게 질렸다.

"……어떻게 된 일이지."

"그 말은 내가 하고 싶다."

아무튼…… 나는 검사와 마법사에게 말했다.

"너희에게는 위해를 가하지 않고 위병에게 넘기겠다고 말했지?"

두 사람이 고개를 위아래로 세차게 끄덕였다.

어떤 길이든 인생이 끝나는 미래밖에 남지 않았겠지만, 그럼에도 이 자리에서 살해당하는 것보다는 나은 모양이다.

"미안하지만, 그건 거짓말이야."

검사의 표정이 순식간에 일그러졌다.

"그런…… 너무…… 푸헥!"

검사의 턱을 발로 찼다.

뇌진탕으로 의식을 빼앗김과 동시에 엑스칼리버로 아킬레스건을 절단.

"서로 목숨을 걸고 싸우는 세계에서 살고 있으면서. 게다가 강도 살인을 저지르는 노상강도로 먹고 살았으니…… 무슨 짓을 당해도 불평할 수 없는 처지니까 심하고 뭐고 없잖아? 뭐, 죽이지 않은 것만으로도 고맙게 여기라고."

말과 동시에 마법사 여자에게도 같은 일을 반복했다.

이것으로 중간에 눈이 뜨여도 멀리 도망칠 수 없다.

"그럼 릴리스?"

이름을 부르기도 전에 이미 릴리스는 달려가고 있었다.

"……서두르자. 류토."

그래, 나도 동의하며 릴리스의 뒤를 따랐다.

숲속의 캠프.

텐트 안에는 나와 아저씨가 단 둘이 남았다.

릴리스 언니가 엄청난 기세로 밖으로 나간 지 꽤 지났다.

아까부터 승려 할아버지의 콧김이 시끄럽다. 왠지 나를 충혈된 눈으로 보고 있어서 솔직히 기분 나쁘다.

"훗훗훗…… 리즈는 엘프일까?"

"……대답하고 싶지 않습니다."

"훗훗훗…… 나는 엘프 아이를 사랑하거든."

이 할아버지는 무슨 말을 하는 것일까.

아무튼 진짜 징그러운데…….

할아버지의 시선이 바닥에 깔린 담요로 옮겨갔다.

그리고 이어서 나의 목덜미부터 가슴, 그리고 허리와 가랑이로 따라 내려갔다.

숨길 마음조차 없는 추악한 시선이다.

나는 몸을 떨며 할아버지에게 물었다.

"사랑? 무슨 말인가요?"

턱수염을 쓰다듬으며 할아버지가 부드러운 미소를 지었다.

"나는 너 정도의 어린이가 좋거든."

"……………?"

"물론 성적인 의미로…… 말이야."

그 말에 이제야 이해했다.

당연히 온몸에 소름이 끼쳤다.

"괜찮다, 아픈 건 처음뿐이니……."

그대로 나는 할아버지에게 떠밀려, 바닥에 깔리고 말았다.

"얌전히 있으면 금방 끝나. 이래봬도 나는 그럭저럭 경험이 있으니까."

무엇을 당할지 이해했다.

끔찍한 일이 몸에 일어나리라는 사실도 이해했다.

──따라서 나의 마음에 걸려 있는 열쇠가 찰칵 소리를 내며 해제되었다.

나를 누르며 나의 입술에 자신의 입술을 대려는 할아버지…… 고령자 특유의 냄새에 토할 것 같았다.

"……안심하고 몸을 맡기면 돼. 뭐, 처음에는…… 조금 아프지만. 훗훗훗……."

노려보며 나는 할아버지의 목을 잡았다.

"아픈 건…… 싫어!"

동물귀가 튀어나오며, 몸의 여러 곳에서 털이 자라나 덮여지기 시작했다.

근육이 팽창하여, 상대의 목을 양손으로 잡았다.

수인으로서의 능력을 최대한 발휘하자, 점점 할아버지의 안색이 보라색으로 바뀌어갔다.

그대로 일어나 할아버지를 텐트 밖으로 내던졌다.

10미터쯤 수평으로 뛰어가, 지면을 굴렀다.

그리고 나는 주문 영창을 시작했다.

마력이 연성되자마자 최대한으로 팽창되어 있던 동물귀가 작아지고, 털은 옅어져갔다.

방금 것은 내 수인으로서의 힘.

그리고 이것이 각성했을 때의 내 엘프로서의 힘이다.

"스칼렛 플레어!"

일반마법보다도 랭크가 높은, 엘프 마을에 전해지는 고유마법으로 흔히 금술로 분류되는 마법이다.

할아버지는 모든 것을 삼키는 홍련의 불꽃에 불태워져── 이윽고 움직이지 않게 되었다.

텐트에서 노인이 날아가는 것과 동시에 우리는 캠프장에 도착했다.

작렬하는 홍련에 불타는 노인을 보며 나는 말문을 잃었다.

"여덟 살에 베테랑 모험가를 때려눕힌 데다 이 수준의 광범위 마법이라니."

미간부터 코에 걸쳐 한 줄기 땀을 흘리며, 릴리스가 떨리는 목소리로 말했다.

"……리즈의 레벨은 나이만큼 낮아."

"하지만 엘프 고유마법을 다룰 정도의 스테이터스를 자랑하잖아?"

"……이건 각성의 일종. 코하루=사에구사와 마찬가지로 상시 전개 가능한 마법이 아니야."

"무슨 말이야?"

"……신체능력에 대해서는 수인족…… 그것도 고귀한 피인 늑대인간의 피를 이었겠지. 그리고 마법식은 분명 하이 엘프의 것."

"늑대인간에…… 하이 엘프?"

릴리스가 고개를 끄덕였다.

"혼혈은 혼혈이라도, 역시 이 애는 양쪽 부족의 최고 클래스 재능을 물려받았어. 그건 즉……."

"추측대로 고위 귀족이나 왕족끼리 금단의 사랑의 결정이라는 건가…… 아아, 정말 성가시게 됐네."

아무튼 나는 리즈를 향해 걸어갔다.

"리즈, 자력으로 해결했나보네?"

동물귀가 돋아나고, 온몸이 흐린 체모로 뒤덮인 리즈가 그곳에 있었다.

리즈는 겁에 질린 표정으로 그 자리에 웅크리더니, 동물귀와 털을 숨기듯이 몸을 말고 이쪽으로 등을 돌렸다.

그런 리즈는 개의치 않고, 나는 다시 그녀를 향해 걸어갔다.

이제 곧 손이 닿을 거리가 되었을 때, 리즈가 외쳤다.

"오지 마…… 오지 마세요!"

"……왜 그래?"

리즈가 어깨를 떨며, 반쯤 외치며 말했다.

"저…… 이런 존재라고요? 수인이고…… 전신에 털이 나고…… 그래도 엘프의 특성도 갖고 있고…… 괴물 같은 힘도 있고……."

"그래서 뭐?"

나의 말에 리즈가 돌아보았다.

"뭐냐니…… 하이 엘프와 늑대인간의 혼혈이라고요? 이게 어떤 일인지 아나요?"

"그래, 그야 엄청 성가신 혈통이지? 그래서 네가 목숨을 위협받는 거고?"

"네……?"

그때 릴리스가 입을 열었다.

"……그런 건 알고 있어. 알면서 우리는 너를 받아들였어."

순간 리즈가 놀란 표정을 지었으나, 금세 고개를 좌우로 저었다.

"입으로 말해도 모르는 모양이네요……."

"무슨 짓을 할 셈이야?"

"류토 씨와 릴리스 씨가 평범한 사람이 아닌 건 알겠습니다. 하지만······ 어차피 신참내기 모험가잖아요? 저를 둘러싼 환경을 해결할 수 있을 리가 없어요. 각성했을 때 저의 힘을 보여줄 테니 그 사실을 뼈저리게 느껴보면 좋겠어요."

릴리스가 부들부들 떨었다.

이 떨림은 두려움이 아닌 분노이다.

릴리스가 관자놀이에 핏대를 몇 개나 세우며 말했다.

"······지금, 나를 릴리스 씨라고 말했어? 나는······ 릴리스 언니라고 부르라고······ 얼마 전에 말했을 터. 이거······ 혼쭐이 나야겠네."

"릴리스 씨? 혼쭐을 내겠다고요? 무슨 말을 하는 거예요? 아니, 류토 씨도 포함해서 당신들은 무슨 말을 하는 건가요? 설마 각성한 지금 상태의 저를 쓰러뜨릴 수 있다고?"

이 말에 나도 신경질이 났다.

"리즈? 당신들이라니 그런 말이 어디 있어?"

"그렇게 말씀하셔도, 당신들은 기껏해야 신참내기 모험가잖아요?"

뭐, 리즈는 여덟 살이다.

표현이 거침없는 것은 다소 어쩔 수 없나.

그러나 다시 말하지만 나도 조금 신경질이 났다.

릴리스는 이미 크게 화가 난 상태이다.

아까까지는 그렇게 귀여워하더니, 지금은 가면 같은 표정으로 킥킥 웃고 있다.

솔직히 무섭다.

아마 이 녀석은 아이가 새기면 맹목적인 사랑과 엄격한 훈육으로 바쁠 것이다.

"신참내기 모험가라. 뭐, 세상에서 보기에는 그렇게 되겠지."

"저는 유전으로 물려받은 각성 스킬만으로 베테랑 모험가를 쓰러뜨릴 수 있다고요?"

"그래서?"

"저 외에도 그런 재능을 지닌 자가 있습니다. 그런 무리가 제 목숨을 노리고 있어요. 저보다도 강력한 힘을 지닌 무리에게."

"그렇겠지."

"그러니 저에게 신경 쓰지 마세요. 두 분이 좋은 사람이라는 건 알겠습니다. 목숨을 구해준 것도 감사드립니다. 하지만 그렇기에 당신들은 저에게서 떠나주세요."

"어째서?"

"네? 어째서라니…… 이대로 가면 두 분도 휘말려서……."

나는 아무렇지도 않게 대답했다.

"상관없는데?"

그 말에 리즈가 순간 어안이 벙벙한 표정을 지었으나, 금세 고개를 가로저었다.

"말해도 모르는 모양이로군요. 이대로 저와 얽히면 어떤 일이 벌어지는지…… 몸으로 겪어보세요."

말과 동시에 리즈가 릴리스와 마주보았다.

"제가 사용하는 것은 범용마법이 아닙니다. 고유마법입니다. 릴리스 씨? 조절은 하겠지만 보통 마법사로는 제대로 막아도 가벼운 상처를 입을 거예요. 방심하지 말고 힘껏 막아주세요!"

리즈가 미간을 찡그리며 릴리스에게 손바닥을 향했다.

"미안해요. 하지만 저와 계속 얽히면 분명 큰 상처를 입을 테니까."

"…………."

조용한 릴리스에게 리즈가 외쳤다.

"스칼렛 플레어!"

홍련의 화염구가 릴리스를 덮쳤다. 그리고 릴리스는 손가락을 딱 울렸다.

그와 동시에 화염구가 순식간에 공기 중으로 흩어져 녹아버렸다.

"……소용없어."

"어?"

순식간에 흩어진 자신의 최강 술식에 리즈는 그저 경악한 표정을 지을 수밖에 없었다.

"……나는 마법사. 그리고 나의 힘은 각성 스킬에만 의지하는 너와는 차원이 달라."

거만한 말투인데.

뭐, 릴리스가 극복해온, 강해지기 위한 흔하지 않은 과정은 인정한다.

그러나 2년 전의 릴리스라면 지금 스칼렛 플레어로 재가 되어 사라졌을 것이다.

"류토?"

릴리스가 험악한 표정으로 물었다.

"응, 괜찮아. 마음대로 해."

나의 말에 릴리스가 리즈에게 말을 걸었다.

"······저기, 리즈?"

"뭔가요? 릴리스 씨?"

"······다음부터는 릴리스 언니라고 부르도록 해."

"··········그 건에 대해서는 노코멘트입니다."

잠시 불쾌한 표정을 짓던 릴리스가 입을 열었다.

"······아까도 말했지만 나는 마법사."

"알고 있는데요?"

그렇다면······ 하고 릴리스가 지팡이를 쥐었다.

"······재능만을 의지하는······ 우물 안 개구리의······ 마법사 행세를 하는 어리석은 꼬마에게 진짜 마법이라는 걸 보여줄게."

릴리스가 머리 위로 지팡이를 높이 들고는 평소처럼 나른한 어조로 말했다.

"······금색 포효."

모든 것을 감싸는 일면의 금색이 하늘을 향해 사출되었다.

빛줄기가 구름을 뚫고, 해질녘 하늘에 구름이 흩어져 사라졌다.

그리고 울리는 폭발음.

대기의 외침과도 같은 굉음과 충격파를 전면으로 받으며, 리즈가 릴리스에게 물었다.

"어이가······ 없네요. 개인이 마법으로······ 이런 일이 가능하다니······ 말도 안 돼······."

"……어이가 없지 않아. 이건 내가 발동시킨 마법."

"그런 문제가 아니라…… 이것은 분명 순수한 마법입니다. 그러나…… 하이 엘프 집단에 의한 대규모 술식에도 이런 규모는……."

리즈는 망연자실하게 그저 그 자리에서 입을 크게 벌리고 있다.

"이봐, 리즈?"

"왜……그러……시죠?"

"나에게 스칼렛 플레어를 쏴봐."

"네……?"

"됐으니까 쏴봐."

"……무슨 속셈인가요? 릴리스 씨에게 다시…… 공격 중인 마법을 해제하도록 할 건가요?"

"릴리스의 도움은커녕 마법장벽도 치지 않을 거야."

리즈는 무언가를 생각하더니, 턱에 손을 대고 말했다.

"하지만…… 죽어버린다고요?"

나는 히죽 웃으며 어깨를 으쓱했다.

"가능할 거 같으면 어디 해봐."

"…………."

"릴리스가 지금 한 건 너에게 기적 같은 일이지?"

"……네."

"릴리스는 내 일행이라고? 정말 너는 내가 죽을 거라고 생각해?"

리즈는 잠시 무언가를 생각했다.

시간이 지나기를 수십 초.

리즈는 아마 현재 상황을 거의 정확하게 이해한 듯했다.

그 증거로 그녀가 나에게 손바닥을 향하며 이렇게 말했다.

"스칼렛…… 플레어!"

다가오는 홍련의 불꽃.

나는 대충 손을 휘저었다.

"이영차."

엘프족이 자랑하는 고유마법.

그러나 술자가 미숙한 것과 고유마법 중에서는 초보인 것도 있어서…… 나를 어떻게 할 방도가 없다.

따라서 뭐, 단순히 주먹으로 만든 풍압으로 물리적으로 마법 불꽃 그 자체를 날려버린 것이다.

"……………………어? 주먹의 힘만으로…… 고유마법을 소멸?"

리즈도 어렴풋이 나와 릴리스에 대해 정확하게 파악했다고 생각하지만, 아무래도 이것은 너무 예상외였던 모양이다.

뻐끔뻐끔뻐끔 리즈가 입을 몇 번이나 여닫았다.

아니, 정말 몇 번이고, 몇 번이고, 몇 번이고 여닫고 있다.

나는 먹이를 기다리는 연못 속의 잉어냐고 지적하고 싶었지만 그건 차치하고.

"류토 씨는…… 그리고 릴리스 씨는 대체……?"

릴리스가 곧장 아이스픽처럼 날카롭고 차가운 목소리로 말했다.

"……아니야………… 류토 오빠와 릴리스 언니."

조금 생각하던 리즈가 고개를 끄덕였다.

"류토 오빠와 릴리스 언니는 대체 정체가 뭐죠?"

"내가 누구냐고?"

뭐, 지금은 솔직하게 대답해둘까.

"세계 최강의 마을사람이야."

그리고 릴리스가 뒤를 이어서 입을 열었다.

"······세계 최강의 마을사람의 동반자면서 마법사인데 문제라도?"

나는 리즈에게 다가가, 그 머리를 아무렇게나 잡고 마구 쓰다듬었다.

"리즈 너 말이야? 어린애는 쓸데없는 일까지 신경 쓰지 마. 당분간 내가 책임지고 널 돌봐줄게."

"············."

"지금은 가만히 우리에게 기대면 돼. 반드시 약속할게. 우리와 있는 이곳은 이 세상 어디보다 안전한 곳이야."

리즈의 털이 옅어지더니, 기어들어가는 목소리로 입을 열었다.

"네."

그렇게 팽팽하던 긴장감이 풀어졌는지 리즈는—— 실이 끊어진 마리오네트처럼 그 자리에 쓰러져 그대로 정신을 잃었다.

편안한 숨소리를 내는 리즈의 얼굴은 아까까지의 긴장된 표정과는 전혀 다르게 여덟 살 나이에 맞는 귀여운 여자아이처럼 보였다.

캠프장에는 빙글빙글 묶인 악당이 세 명.

할아버지는 리즈의 마법으로 승천해버렸으나 합장……인 처지가 되었다.

죽을 정도로 강한 마법을 쓴 것은 어떨까 싶지만, 그것은 뭐, 어쩔 수 없는 면도 있을 것이다.

옛날 위대한 사람이 말했지, 어린이는 눈으로만 보라고.

취향이 그쪽인 것까지 뭐라고 할 마음은 없다.

사실 남자의 취향으로 말하자면 예쁜 계열을 좋아하는가, 혹은 귀여운 계열을 좋아하는가.

어디까지나 그 연장선상의 문제이다.

롤리타 컴플렉스라면 지나친 감이 있지만, 그래도 분명 그런 계통의 문제라고 생각한다.

어디까지나 취향의 문제이며 마음의 자유라고 생각한다.

따라서 취향의 좋고 나쁨까지 간섭하는 것은 이상하다.

그러나 진짜로 어린애를 강간하는 것은 어떤 세계에서도 사양하고 싶다.

취향과 현실은 확실히 구분해야 한다.

뭐, 그건 그렇고.

"아무튼 이 녀석들은 내일이라도 길드 마스터에게 넘길까."

"……그 전에…… 쉬자."

귀찮다는 듯 릴리스가 텐트를 가리켰다.

"이 녀석들은 어떡할래? 여기는 들짐승이 가득 한 숲속 한가운데 잖아? 습격 받아도 줄로 묶었으니 반격도, 도망도 못 가니까……."

"……먹히면 운이 없는 거야. 단지 그것뿐."

"그건 심하지 않아?"

울 것 같은 표정으로 악당 세 사람이 나에게 애원하는 시선을 보냈다.

"……어차피 마을로 데리고 돌아가도 잘해야 단두대에 목이 걸려. 운이 나쁘면 산 채로 광장에서 군중들에게 돌을 맞겠지. 마물에게 단숨에 죽는 편이 오히려 행복할 거야."

"확실히 그건 그러네."

악당 세 사람이 나의 말에 확연히 의기소침해졌다.

뭐, 다소 불쌍한 마음도 들지만, 그건 너희가 잘못했으니 어쩔 수 없지.

아무튼 저녁밥이다.

모닥불로 프라이팬을 달구는 나에게 릴리스가 물었다.

"류토? 오늘 밥은 뭐야?"

음…….

솔직히 고민된다.

릴리스의 아이템 박스는 저장량이 톤 단위이다.

그러나 음식이 상하는 것을 막아주는 것처럼 아이템 박스 안의 시간이 멈추는 치트 스킬의 범위는 비교적 좁다.

아니, 그렇다고 해도 품질이 떨어지지 않는 희귀한 고기가 수십 킬로그램 단위로 수납되어 있는 치트 스킬이지만.

"에인션트 오크로 할까? 그리고 마늘도 꺼내줘."

그 말에 리즈가 놀란 표정으로 중얼거렸다.

"에, 에, 에인션트 오크라고요? 그건 전설의 S랭크 식재료······ 암시장에서도 좀처럼 나돌지 않는 희귀한 식재······."

당황하는 리즈를 무시하고, 릴리스가 아이템 박스에서 소분한 에인션트 오크의 마블링 고기를 꺼냈다.

솔직히 그램당 5백 엔의 가고시마 섬 흑돼지 수준이다.

엄청나게 맛있는 것은 분명하지만, 전설이나 환상이라고 말할 수준의 식재료라기에는 부족한 느낌이다.

슬슬 프라이팬도 적당히 달궈졌다.

오크 고기를 세 장 프라이팬에 척척 올리고, 동시에 마늘 슬라이스를 넣었다.

기름이 좌악 튀는 소리가 울렸다.

순식간에 맛있는 돼지고기와 마늘이 합쳐져 고소하면서도 농후한 냄새가 퍼져나갔다.

"릴리스?"

"······왜?"

"그거 꺼내줘."

고기에 소금을 뿌리며 릴리스에게 말했다.

"······그거? 그게 뭐야?"

"고기엔 역시 후추잖아?"

"······알겠어."

릴리스가 조용히 아이템 박스에서 후추 용기를 꺼냈다.

"류토 오빠? 그거······ 향신료인가요?"

"그래, 맞아."

프라이팬 안의 고기에 나는 호쾌하게 후추를 뿌렸다.

그 모습을 보며 리즈의 표정이 얼어붙었다.

"향신료…… 후추라고 하면 같은 양의 황금과 같은 가치라고 해요."

"응, 그렇더라."

아무렇지도 않게 대답하는 나에게 리즈가 허탈한 웃음으로 대답했다.

"야, 릴리스, 그것도 꺼내줘."

"……그러니까 그게 뭐야?"

"고추 말이야."

릴리스가 아이템 박스에서 고춧가루가 든 용기를 꺼냈다.

그리고 나는 고춧가루를 고기에 뿌렸다.

리즈의 표정이 점점 창백해졌다.

"레, 레, 레…… 레드 파우더? 황금은커녕 같은 양의 오리하르콘과 같은 가치라는……."

"향신료는 확실히 귀족밖에 손을 대지 못할 만큼 고가의 물건이야. 하지만 너는 좋은 집안의 아가씨 아니었어? 그렇게까지 놀랄 일도 아니잖아?"

"……아니, 류토. 너처럼 후추나 레드 파우더를…… 엄청나게 뿌려대는 것은…… 귀족이라도 놀랄 거야."

나는 어이가 없어 어깨를 으쓱했다.

하지만 어쩔 수 없다.

중세 유럽에서도 후추를 쓸 때에는 귀족조차 조금씩, 조금씩 아껴썼다는 이야기는 나도 안다.

그러나 나는 일본인이다.

요리에 쓰는 후추 따위는 한 병에 98엔 같은 느낌이니까.

물론 고춧가루도 마찬가지다.

세일하면 78엔에도 파는 것을 찔끔찔끔 쓸 리가 있나.

사실 나는 그냥 고춧가루보다 다른 일곱 가지 향신료를 섞은 시치미를 더 좋아한다.

고춧가루 외의 수수께끼의 성분은 대체 무엇이 들어 있을까.

이제 그것은 이세계에서 절대 재현하지 못할 것이다.

뭐, 그런 식으로 옛날에 돈을 벌어둔 내가 가장 먼저 한 일은 조미료를 구비하는 것이었다.

전에 길드에서 돈을 벌 때까지는 끔찍한 식생활을 하였으나, 일본에 있던 시절의 맛은 혀가 기억하고 있는 법이다.

돈이 있다면 역시 맛있는 것을 먹고 싶은 것이 당연하다.

"슬슬 익었겠는데."

그럭저럭 괜찮게 구워졌다.

마늘과 향신료를 볶은 냄새로, 식욕이 자극되어 배가 울리기 시작했다.

마지막은 보기에도 화려한 알코올 파이어…… 레드 와인으로 요리를 마무리하면 된다.

"자, 먹어."

다 구워진 고기를 각자의 접시에 나눠주었다.

나도 완전히 허기가 졌다.

"잘 먹겠습니다."

포크로 찌르나 오크 고기에서 흘러넘칠 듯이 기름이 뚝뚝 떨어졌다.

구운 마늘의 향기와 어렴풋이 풍기는 향신료의 자극적인 냄새가 적당히 위를 자극했다.

입에 덥석 넣자, 맛있다는 말이 저절로 나왔다.

다른 사람의 평가는 어떨까?

리즈를 보자, 그녀는 감탄하는 한숨을 쉬고 있었다.

"후아…… 후아…… 하…… 하…………… 하우…… 하우…… 음냐…… 하히…… 호…… 호오……."

말이 나오지 않았다.

정말 그런 느낌이었다.

릴리스는 그런 리즈를 바라보며 다정한 미소를 지었다.

그리고 그녀도 다시 육즙이 떨어지는 고기를 베어 물었다.

"……맛있어."

릴리스는 맛을 음미하듯이 몇 번 고기를 씹더니 단호하게 말했다.

"……하지만 향신료 사용법이…… 역시 수준 낮아."

"아니야, 릴리스."

"……아니라고?"

"이 맛은 형용한다면 수준 낮은 것이 아니라 정크라고 해."

"……정크?"

그 말이 의도하는 바는 릴리스로서는 알 수 없겠지만.

마늘과 고기와 기름과 소금과 대량의 향신료.

내가 항상 만드는 것은 성인병으로 직결하는…… 그런 위험한 요리이다.

뭐, 나와 릴리스의 육체 나이는 열여섯 살이므로 아직 이 정도는 괜찮을 것이다.

"…………."

그때 리즈가 입을 다물었다.

그리고 먼 곳을 바라보며 우울한 표정을 지었다.

다만 포크와 입은 움직이기를 멈추지 않았다.

"……왜 그래, 리즈?"

"……류토 오빠가 말한…… 좋은 곳의 아가씨였을 거라는 질문 말인데요……."

리즈가 우물우물 입을 움직이며, 역시 우울한 표정을 지었다.

"대답하고 싶지 않아?"

리즈는 포크로 오크 고기를 찌르며 눈을 내리깔았다.

"…………네."

그러며 리즈가 오크 고기를 입에 넣었다.

"도저히 말하고 싶지 않아?"

리즈가 다시 다음 오크 고기를 입에 넣으며 대답했다.

"그건 정말 사적인 이야기라…… 저의 출생에 관한 거라 트라우마가 있거든요……."

말하며 리즈가 다시 오크 고기를 입에 넣었다.

"……그렇구나. 그럼 대답하지 않아도 돼.

냠냠냠.

우물우물.

주위에 울려 퍼지는 씹는 소리.

리즈와 릴리스가 열심히 오크 고기를 씹었다.

"네…… 안 물어보셨으면 좋겠어요."

"정말 대답하지 않아도 된다고 생각한 거냐!"

나도 가만히 움직여── 리즈의 머리를 주먹으로 살짝 때렸다.

"어느 세계에 밥을 와구와구 먹으며, 흥분한 나머지 콧김까지 흥흥 내뿜으며 트라우마 이야기를 하는 녀석이 있냐!"

"아윽!"

울먹이는 리즈.

기본적으로 지금까지 리즈에게는 신사적인 모습을 보였을 터인 나의 갑작스러운 돌변에 놀란 빛을 감추지 못한 듯했다.

"아파…… 아야……."

애처로운 시선으로 나를 바라보지만, 유감스럽게도 나는 굳이 따지자면 딴죽을 거는 성미이다.

릴리스와 비슷한 냄새를 맡은 이상, 어느 정도는 단호하게 대처해야 할 것이다.

다정한 미소를 지은 릴리스가 리즈의 머리를 쓱쓱 쓰다듬기 시작했다.

릴리스가 지은 그 표정은 미술관의 유명한 성모 그림의 한 장면을 옮겨온 듯하여──.

──안 돼.

한 순간이지만 릴리스의 표정에 마음을 빼앗기고 말았다.

확실히 외모만은 무척 귀엽다.

그러나 성격이 유감스럽고, 아무래도 이 녀석에게는 가족이나 친구를 대하는 것 이상의 감정은 현 시점에서는…… 없으니까……

"……류토가 차갑게 굴어서 괴로웠어? 리즈?"

리즈가 울먹이며 릴리스의 가슴에 얼굴을 파묻었다.

요 전부터…… 아무튼 릴리스는 리즈를 매우 귀여워하고 있다.

내가 리즈에게 다소 강하게 나선 이상, 그녀는 릴리스를 의지할 수밖에 없을 것이다.

"릴리스 언니…… 머리가…… 맞은 머리가 아파."

"……많이 아파?"

"……응."

다시 릴리스가 부드럽게 미소를 짓더니── 리즈의 볼을 힘껏 꼬집었다.

"앗? 아야! 아야! 아파, 아프다고! 언니!"

릴리스의 눈 안쪽이 전혀 웃고 있지 않은, 특기인 무서운 미소를 지었다.

"──류토에게 주먹으로 맞는 것은 오히려 상. 당연히 그것은 감사해야 할 일이야. 오히려 류토에게 인사해야 해."

이 누나…… 무섭습니다.

어딘가에 방류하고 싶지만, 애초에 릴리스를 주운 사람은 나이므로 어쩔 방도가 없다.

"아무튼…… 너의 사정을 듣고 싶어. 리즈, 너에게 무슨 일이 일어난 거야? 좋은 곳의 아가씨인 것 치고는 향신료를 사용한 요리를 먹는 데 익숙하지 않은 모양이고, 반면에 교육 수준이라고 해야 하나, 성장 환경 자체는 괜찮은 것 같은데."

잠시 리즈가 입을 다물었다.

"아니, 말하고 싶지 않으면 정말 괜찮거든?"

"……정말…… 별로 말하고 싶지 않은 일이에요."

릴리스가 무언가를 생각하더니, 손바닥을 짝 마주쳤다.

"……리즈?"

"왜 그러시죠? 릴리스…… 언니?"

"……있으니까."

"있다니요?"

릴리스가 자신의 접시에 남은 오크 고기를 포크로 가리켰다.

"……리즈의 몫은 이제 없어. 너는 맹렬한 속도로 다 먹어치웠으니까. 하지만…… 말한다면 내가 남긴 것을 먹어도 돼."

아니, 아니, 릴리스.

정말 무언가 트라우마가 있는 것 같으니, 설마 그런 음식으로 낚일 리가 없잖아.

리즈가 고개를 가로저으며 슬픈 표정을 지었다.

그야 그렇다.

자신의 마음을 헤집는 이야기를 기껏해야 밥 때문에 말할 것이라 취급되니 리즈도 어이가 없을 것이다.

부들부들 몸을 떨며 리즈가 강하게 말했다.

"시간을 거슬러 올라가 십 년 전! 엘프 황녀와 수인 왕자가 만나고 말았습니다──."

말하는 거냐!

그나저나 정말 좋은 곳의 아가씨였잖아!

리즈가 릴리스의 허락을 받으려는 듯 바라보자, 릴리스가 미소를 지으며 고개를 끄덕였다.

바로 리즈의 포크가 오크 고기를 찔렀다.

"하아암냔데, 우물우물해서…… 으음꿀꺽하는……."

"말하는 건 천천히 먹고 나서 해도 되니까."

잠시 리즈가 우물우물 씹는데 전념했다.

"그런데 류토 오빠는 엘프와 수인의 불화에 대해 알고 있나요?"

"모두 숲에 사는 종족이지. 마법문화의 엘프와 전사문화의 수인. 먼 옛날에는 엘프가 수인의 노예였으나, 근세에는 엘프의 마법문명도 발달하여 수인의 지배에서 독립했어."

"거기서 이야기가 끝난 건 아니죠?"

"그래, 힘을 얻은 엘프에게 옛날부터 육체의 힘에 의지한 수인은 맞버티기는커녕── 차이가 벌어지기 시작했지."

"네, 필연적으로 일어난 것은……."

"전쟁이야. 아니, 이 경우에는 유린이라고 하는 게 좋겠네. 오래도록 쌓인 원한이 있으니까. 그야 뭐…… 지독하게 저질렀지."

이때 발발한 것이 변경의 수인국인 매키린국과 마찬가지로 엘프국인 포레스레임국과의 전쟁이다.

먼저 엘프국이 수인국에 전쟁을 선포했다.

전 세계의 변경 숲속에서 벌어진 것과 마찬가지로, 역시 엘프국의 승리일 것이라 누구나 예상했다.

──그러나 이번 결과는 달랐다.

복잡한 표정으로 릴리스가 내뱉듯이 말했다.

"……수인이란 즉 워 울프. 전쟁이 열렸을 때 그 대다수가 워 타이거로 진화했어. 또한 본래 워 타이거였던 우수한 개체는 워 타이거 킹으로 진화했지."

리즈가 고개를 끄덕였다.

"그리고 수인을 이끄는 왕은 워 사벨 타이거로 진화했습니다."

"……전설상의 수인 분류. 마물로 환산하면 SS랭크 상위."

지난 오거 사건을 떠올렸는지, 릴리스가 질린다는 듯 말했다.

"전쟁은 수인의 압승으로 끝났고, 엘프국은 유린당했습니다. 그리고 황녀는 수인 왕족에 바쳐지고, 태어난 것이 저입니다. 당시 저의 존재는 수인족에서 엘프족에게 승리의 증표로 광고하는 데 쓰였습니다. 황족이 유린당한 산 증인이니까요…… 뭐, 엘프들에게 절망과 공포를 새겨주기 위해 좋은 수단이었겠지요. 하지만 여기서 문제가 생겼습니다."

"문제?"

"저의 아버지와 어머니가 정말로 사랑하게 되고 말았습니다. 처음에는 포로…… 성노예와 주인의 관계였다고 들었습니다만."

"……그래서?"

"수인왕의 장남인 아버지는 엘프족에 관대해지고, 엘프의 노예 대우를 개선하도록 다양한 융화정책을 제창했습니다. 그 탓에 정치적으로 매우 미묘한 입장에 놓이게 되었지요. 또한 저와 부모님을 수인족과 엘프족의 평화롭고 밝은 조화의 상징 중 하나로 안팎으로 선전하기 시작하는 바람에……."

"그랬구나."

나의 말에 릴리스도 고개를 끄덕였다.

"……수인 국가에 너는 방해꾼이 되었어. 그리고 왕자의 아이를 대놓고 죽일 수도 없지. 따라서…… 너는 여러 가지 일을 겪고, 저 슬럼가에서 고도의 저주를 받고 죽어가게 된 거야."

"놀랐나요? 저는 그런 무리에게 목숨을 위협받고 있습니다. 류토 오빠와 릴리스 언니가 조금 강하다고 해서……."

"……아니, 놀라지는 않았는데."

"오히려 대부분 상상한 대로야."

"상상대로?"

"뭐, 아인이니까 여러모로 어폐는 있지만 릴리스의 말대로 워사벨 타이거는 마물로 치면 모험가 길드 환산으로 토벌 난이도 SS+ 클래스야. 말 그대로 단기로 한 국가를 상대로 싸움을 걸 수 있는 수준이지."

"네, 단독으로 대국의 사단을…… 혹은 모험가 길드의 정예부대를 괴멸시킬 수 있어요. 그것이 저의 할아버님입니다."

나와 릴리스는 서로 얼굴을 마주보며 고개를 끄덕이고, 어깨를 으쓱했다.

"……류토? 수인국의 이상한 전력 강화…… 종의 진화가 일어났어. 이것은 대재앙?"

"오거 사건이 있었지?"

"……응."

"대재앙의 아종일지도 모르지만, 자연발생한 것은 아닐 거야."

"그럼……?"

"이건 분명 인위적인 거야."

"……응. 그럼…… 역시?"

나는 크게 동의했다.

"주축이 된 것은 나와 마찬가지로 환생할 때 여신에게서 뛰어난 스킬을 받은 자들이야. 이 세계의 인간이 아닌 자가 일으키려고 하는 일이니까, 이 세계의 조화를 유지하기 위한 방어 장치인 코델리아…… 아니, 동서남북의 용사를 집결시켜도 어떻게 할 수 있을 리가 없어."

"……세계의 섭리 그 자체가 무너지고 있어. 이대로 놔두면, 혹시 이 일련의 소동은 인간계와 마계, 극지도 포함하여── 세계가 소실될 대전환이 일어나는 위기에 처하게 돼. 마계의 마녀 마린과 선인…… 류카이의 예상대로……라는 뜻?"

"그렇겠지."

혹은 용사가 아니라, 대륙을 석권하는 대황제라고 해도.

아니면 규격 외의 전투력을 자랑하는 S랭크 모험가들을 이끄는 모험가 길드의 우두머리인 그랜드 길드 마스터라고 해도.

어차피 그들은 이 세계에서 상식적인 군사력밖에 갖고 있지 않다.

솔직히 나 혼자서라도 세계를 상대로 싸움을 걸어도 그럭저럭 할 수 있을 것이다.

게다가 지인을 총동원하면 어쩌면 호각…… 아니, 아마 이길 수 있다.

──그 이유는 내가 환생자이기 때문이다.

나의 경우 본래 하찮은 상태였으니, 평범하게 살면 한계가 있었을 것이다.

그러나 잘 처신한 덕분에 여기까지 올 수 있었다.

그러나 나처럼 초기상태가 마을사람이 아닌, 모제스처럼 유리하게 태어난 환생자도 있다.

심지어 한두 사람이 아니다.

내가 대재앙이 인위적으로 일어날 만한 상황이 되었다는 사실을 들은 때가 갓 이터 스킬을 손에 넣은 참이었으니 딱 일 년 전인가.

사실은 벨제부브를 먹고 나서도, 추가로 마왕이나 마신 등의 힘을 얻고 싶었다.

그러나 실제로는 그 즈음해서 시간적으로 무리였다.

──모제스는 코델리아를 노리고 있다. 심지어 수단을 가리지 않는다.

또 모제스가 코델리아에게 손을 대지 않는 것이 보장된 때는 지난번, 내가 죽은 직후까지다.

즉, 내가 수행 당초부터 시간제한을 설정한 마법학원 입학까지를 말한다.

귀신의 등장 또한 아마 그들이 얽혀 있을 것이 틀림없다.

그럼 어째서 내가 코넬리아에게서 떨어져 이런 일을 하고 있는가 하면…… 뭐, 일단은 보험을 걸어두었기 때문이다.

아직 나는 움직이지 않아도 된다.

그것은 차치하고, 릴리스가 질린다는 얼굴로 입을 열었다.

"……상상했던 것과 달라."

"응?"

"……이번에 우리는 모험가 길드에서 잡몹을 상대로 싸우고, A랭크나 B랭크까지 랭크를 올린 다음, 코넬리아=올스턴의 호위로 얕보이지 않을 만큼의 지위를 손에 넣는다. 이건 그런 편안한 과정 중이었을 터."

"편안한 과정이라니…… 좀 더 진지하게 해. 여러모로."

릴리스를 나무라듯이 다소 힐난조로 말했다.

그러나 나도 릴리스에게 잘난 듯이 말을 할 처지가 못 된다.

왜냐하면 마법학원의 매점에서 산 이 근방의 맛집 정보가 실린 책이 주머니에 들어 있기 때문이다.

"저기…… 류토 오빠?"

"왜?"

"아까부터 전혀 대화에 따라갈 수가 없는데요……."

"안심해, 아무튼 너는 안전해."

"아니, 그러니까 저는 마물로 따지면 SS급 수인에게 목숨을 위협받고 있다고요?"

나는 하하 웃으며 리즈의 머리에 손을 툭 올렸다.

살며시 머리카락이 흔들리며, 리즈가 눈을 크게 떴다.

엘프 특유의 새하얀 피부에 비단결 같은 금발.

음. 혹시 몇 년이 지나면 코델리아보다 미인이 되는 것 아닐까, 이 녀석.

"말했잖아? 내가 주웠으니까 널 최선을 다해 보호하겠어."

"하지만 물리적으로 힘들잖아요? 그야 국왕이 직접 저를 공격하러 오지는 않겠지만, 이건 말 그대로 한 나라를 상대하는⋯⋯."

나는 귀찮다는 듯 숲의 덤불을 가리켰다.

"이봐, 리즈?"

"왜 그러시죠?"

"저 괴물이 뭔지 알아?"

마침 좋은 타이밍에 나타난 것은――.

"네? 저, 저, 저건⋯⋯ 오르⋯⋯ 오르토로⋯⋯ 토벌 난이도 A랭크 중위⋯⋯ 어째서⋯⋯ 이런 곳에⋯⋯?"

리즈가 알기 쉽게 설명해주었으나, 무엇을 감추랴. 리즈의 말대로 오르토로스이다.

"어째서 이런 곳에?"

이런 고랭크 마물이 정확히 이런 곳에 우연히 나타날 리가 없다.

"아마 너희 혈족 중 누군가가 보냈을 거라 생각해."

그 말에 리즈가 납득한 듯 고개를 끄덕였다.

그리고 미안한지 눈을 내리깔았다.

"류토…… 오빠…… 릴리스…… 언니…… 미안해요. 저 때문에 이런 재난을…… ."

리즈의 말을 무시하고, 나는 유유히 오르토로스를 향해 걸어 갔다.

"그런…… 맞서려는 건가요?"

"그거 말고 뭘로 보이는데?"

흐아아…… 리즈가 당황하며 말했다.

"무, 무, 무, 무모해요! 도망……도망치죠! 다 같이…… 도망쳐 요!"

나는 하하 웃으며 대답했다.

"뭐, 보고 있어. 방금 말했었잖아?"

"네?"

"너는 내가 보호한다고."

"무, 무, 무모하다고요! 류토 오빠!"

당황하는 리즈에게 나는 피식 웃으며 대꾸했다.

"뭐, 보고 있으라니까."

"상대는 오르토로스잖아요? A랭크라고요? 너무 무모해 요……! 위험해요!"

오르토로스가 달려들었다.

몸의 높이는 2미터, 길이는 4미터쯤일까.

겉보기에는 검은 개와 같다.

A랭크 마물답게 음속에 가까운 속도이다.

길드 기준으로 A랭크 인간을 자신의 상주 군인으로 에워쌀 수 없는 변방의 소국에서는 이 마물이 나타날 경우 세 가지 행동을 취할 수 있다.

하나는 모험가 길드에 돈을 걸고 최상위층 모험가를 파견해달라고 한다.

또 하나는 대국에 대가를 준비하고, 기사단을 파견해달라고 한다.

혹은 마을이나 거리를 통째로 포기한다.

참고로 가장 마지막 방법이 가장 금전 효율이 좋으므로 대중적인 선택지이다.

내가 예전에 토벌한 사룡 아만타도 토벌 난이도는 A랭크 하위다.

순수한 토벌 난이도로 말하면 그렇게까지 대단하지 않지만, 그것이 재앙으로 인정된 까닭은…… 육체의 한계를 넘어선 불사 성질 때문이다.

쓰러뜨려도, 쓰러뜨려도 시대를 바꿔 부활하여 나쁜 짓을 저지르니, 인류에 있어서는 거추장스럽기 짝이 없다.

뭐, 이번에는 내가 영혼까지 소멸시켰으므로 두 번 다시 나올 일은 없겠지만.

"후암……."

오르토로스의 돌진.

하품이 나오는 속도라고 생각한 순간, 실제로 하품이 나왔다.

페인트도 전혀 섞지 않고, 그저 직진하여 도약하는 시시한 모습이다.

더 강한 상대에게 할 공격은 아니다.

공격 수단은 이빨이나 손톱.

이 정도 마물이면, 어느 쪽을 정통으로 맞아도 나에게 기껏해야 찰과상을 입히는 것이 최선이라고나 할까.

"이영차."

입을 크게 벌리고 돌진해온 오르토로스를 향해 나는 양손을 뻗었다.

오른손으로 위턱을 왼손으로 아래턱을 각각 붙들었다.

그리고 오르토로스의 입을 위아래로 더욱 크게 쩍 벌렸다.

상대는 당혹스러운 표정을 순간 지었으나, 그럼에도 저작근을 최대한 활용하여 힘껏 깨물려고 했다.

그러나 나의 양손은 미동도 하지 않았다.

"야, 멍멍이? 너의 가장 큰 무기를 없애주마."

"……그으……그으……크릉…….."

양손을 떼자마자 오른쪽 훅을 한 방.

퍽.

경쾌한 소리와 함께 오르토로스의 턱이 빠졌다.

아래턱이 덜렁덜렁 추하게 흔들려서, 꽤나 괴상한 광경이었다.

"자, 이제 큰일 났네."

턱이 빠진 오르토로스가 나를 손톱으로 공격했다.

그대로 맞으면 아무래도 찰과상쯤은 나리라 생각했으나, 놀랍게도 멀쩡했다.

가장 큰 공격을 일부러 맞아서 전력 차이를 이해시키려고, 직격으로 맞았으나…… 멀쩡한 것은 예상밖이다.

내가 놀랄 정도니까 오르토로스의 놀란 모습은 장난이 아니었다.

눈을 희번덕거리며 몇 번이나 깜박깜박 깜박거리더니, 천천히 뒤로 물러났다.

"……류토?"

"왜 그래, 릴리스?"

"……옛날부터 말하려고 했는데."

"뭘?"

"……이제…… 류토는…… 거의 요괴. 종족이 인간이라니 거짓말 같아."

응, 알고 있었다.

하지만 대놓고 들으니 약간 상처받았다.

"……이제 어떡할래?"

릴리스의 시선 끝에는 반쯤 울며 나의 모습을 살피는 오르토로스가 있었다.

꼬리도 바닥으로 늘어뜨리고, 왠지 자신이 없는 듯했다.

부들부들 몸도 잘게 떨고 있고……."

"저기, 릴리스?"

"……왜?"

"보기에는 개와 비슷한데…… 이 녀석은 머리가 좋지?"

"……문헌에 따르면 무척 머리가 좋아. 즉…… 기본은 거의 개와 마찬가지."

"과연."

나는 잘됐다며 주먹을 뚝뚝 울렸다.

그 동작에 움찔하며 오르토로스가 몸을 굳히고 "끄응……" 하며 애원하는 울음소리를 냈다.

나는 용서를 구하는 소리를 내는 오르토로스에게 한 걸음 다가갔다.

"끄응……."

떨고 있는 오르토로스에게 한 걸음 다가갔다.

"끄응……."

울먹이는 오르토로스에게 한 걸음 다가갔다.

"끄응……."

오르토로스의 1미터 앞까지 다가갔을 때, 나는 가슴을 펴고 이렇게 말했다.

"앉아!"

말과 동시에 주위에 바람이 불었다.

음속을 돌파한 오르토로스가 발생시킨 충격파다.

장관이었다.

세계는 넓다지만, 음속의 '앉아'를 보는 일은 좀처럼 없을 것이다.

이어서 내가 또 외쳤다.

"엎드려!"

다시 바람이 주위에 불었다.

음속의 엎드리기.

역시 장관이다.

바닥에 엎드린 오르토로스가 그대로 굴러 나에게 배를 보였다.

야생의 짐승이 자신의 약점인 내장── 배를 보였다.

이것은 일반적으로 개가 절대적인 강자에게 보이는 복종하는 자세이다.

"오, 오, 오르토로스가…… 배를 보이고……."

리즈가 경악한 표정으로 두서없이 중얼거렸다.

"왜 그래, 리즈?"

"몬스터 테이머도 아니면서…… 아무리 머리가 좋은 마수라고 해도…… 대적하지 못할 만큼 전력 차이가 나지 않으면 이렇게 행동하지 않아."

리즈가 이쪽은 개의치 않고 계속 말을 이어나갔다.

"오르토로스가 A랭크라고 치면…… 더블 랭크 이상의 힘 차이가 필요. 즉 SS랭크…… 혹은 그 이상…… 그보다 SSS라니…… 그건 이미 인간이 아니라…… 마신의 영역으로……."

즉…… 리즈가 만족스럽게 고개를 끄덕였다.

"류토 오빠는 최소한 SSS랭크…… 혹은 그 이상………… 헉, 우, 우, 우, 우………우와아아아아아아아아아아아아아아아아아아아아아아악?!"

아무래도 리즈는 이해력이 좋은 아이인 모양이다.

말이 잘 통해서 정말 다행이다.

바닥에 구르며 배를 보이는 오르토로스를 내려다보며 나는 손을 짝 마주쳤다.

"그럼…… 오늘 밤은 개 전골이다."

"먹는다고요?!"

"응? 개과 마물은 맛있다고?"

리즈가 어찌할 바를 모르며 릴리스에게 도움을 요청하는 듯한 시선을 보냈다.

"……왜 그래? 리즈."

릴리스의 말에 리즈가 창백한 얼굴로 다시 물었다.

"정말…… 먹는 건가요?"

릴리스가 고개를 끄덕였다.

"……오르토로스로 말하자면 A랭크 고급 식재료. 가죽이며 뼈, 이빨 등은 소재로도 비싸게 팔려. 내장도 약사에게 장기 하나당 금화 한 개에 매각할 수 있어. 그리고 고기는 맛있는 식재료 10선에 올라 있어. 이건 먹을 수밖에 없잖아."

그러자 리즈의 얼굴이 창백을 넘어 흙빛이 되었다.

"아니, 그래도, 저기…… 개잖아요?"

"응? 그게 대체 왜?"

"저도…… 그게…… 뭐라고나 할까……."

아아, 그러고 보니 리즈는 수인의 피가 섞여 있으니까 개 전골은 거부감이 드는 건가.

우리로 따지면 침팬지를 먹는 것 같은 식이겠지.

그건 확실히 꺼려진다.

"좋아…… 그럼 먹지는 말자. 이 자리에서 해체해서 소재만이라도 팔자."

"네……?"

"응? 또 왜 그래, 리즈?"

"죽여버리는…… 건가요? 이제 이 애는 류토 오빠에게 완전히 복종하고 있잖아요…… 용서해줄 수는…… 없는 건가요?"

흐음.

죽이는 것도 좋지 않은 모양이다.

"그럼 어떡하면 좋은데."

"이 아이…… 마을로 데리고 돌아갈 수는 없나요? 자세히 보니 귀엽고……."

무슨 말을 하는 거야, 이 애는.

높이 2미터, 길이 4미터의 거대한 검은 개라고?

뭐, 수인이기에 가능한 감각……이라는 건가?

나는 릴리즈에게 당황한 시선을 보냈다.

릴리스가 한숨을 쉬며 대신 입을 열었다.

"……확실히 귀여워. 나는 어린 시절부터 반려동물을 키우는 게 꿈이었어. 이것은 마침 좋은 기회일지도 몰라."

브루투스! 너마저!

뭐, 릴리스는 꽤나 사차원적인 면이 있으니까…… 모르는 바도 아니지만.

"너희들……."

나에게 애원하는 시선을 보내는 리즈.

그리고 릴리스는 오르토로스의 배를 쓰다듬으며 이렇게 말했다.

"……알겠니? 오르토로스? 저 사람이 보스."

나를 가리키며 계속 말을 잇는다.

"……그리고 무리의 넘버 투는 나. 그건 절대 잊어서는 안 돼."

이것으로 키울까 말까는 2대 1이 된 듯하다.

대체 어쩌다 이렇게 된 거지.

"릴리스?"

"정말 마을로 오르토로스를 데려갈 셈이야?"

"……마물 조련사라는 직업이 있어. 나는 마물 늑대를 길들인 마물 조련사를 거리에서 본 적이 있어."

"C랭크 마물인 마물 늑대와 A랭크 오르토로스는 말 그대로 차원이 다르잖아?"

"……방법이 있어."

"응?"

릴리스가 아이템 박스에서 목걸이를 꺼냈다.

"아아, 그렇구나."

"……사신의 항쇄. 오르토로스의 진화 전 개체는 마물 늑대의 새끼와 매우 비슷해. 그리고 마물 늑대의 새끼는 반려동물 외에도 경비견으로도 쓰여."

릴리스가 꺼낸 것은 국보급 아티팩트다.

마물의 힘을 빼앗아 강제적으로 한 랭크 내리는 효과가 있는 대단한 아이템이다.

"하긴, 한 랭크 내려가면 B랭크 마물이고…… 훈련시키면 리즈

의 호위도 가능한가."

"······그거야."

주 용도는 마족을 포로로 삼았을 때 쓰이는 아이템이지만······ 과연, 확실히 그런 용도도 가능할 것 같다.

"······이제 됐어."

릴리스가 오르토로스에게 목걸이를 장착시켰다.

주위가 빛으로 감싸이더니, 오르토로스의 거대한 몸이 점점 줄어들었다.

빛이 사라지고, 그 모습을 본 나는 깜짝 놀랐다.

"그냥 개가 됐네."

완전히 시베리안 허스키 새끼처럼 되었다.

응. 정말 귀엽다.

꼬리를 흔들며 오르토로스가 릴리스에게 뛰어들어 얼굴을 핥았다.

"······후후후······ 귀여워."

어디······ 나는 턱에 손을 댔다.

이것으로 오르토로스를 데리고 돌아가는 건에 대해서는 3대 0 만장일치로 가결되었다.

"이름은······ 오르토로스라고 부르기 힘드네. 오르토라고 하자."

──그날 밤.

설거지를 마친 나는 릴리스에게 평소 의아했던 점을 물었다.

"저기, 릴리스?"

"……왜?"

"내 스푼이나 포크가…… 왜 매번 다르지?"

밥을 짓는 것은 나의 역할.

식기를 아이템 박스에서 꺼내 배분하는 것은 릴리스의 역할.

그리고 설거지를 하는 것은 나의 역할이고, 침상을 만드는 것은 릴리스의 역할.

그런 식으로 가사를 분담하고 있는데―― 무슨 까닭인지 매번 나의 스푼과 포크가 신제품으로 준비되었다.

"……류토가 낡은 식기를 쓰게 할 수는 없으니까."

"스푼과 포크는 은제 고급품이잖아?"

"……그래도 그럴 수 없어."

"그런데 접시며 컵은 늘 똑같은 타입이 나오잖아? 종류를 바꾸는 등 이것저것 많지 않아?"

릴리스가 겸연쩍은 듯 어깨를 으쓱했다.

"……솔직히 말할게."

"솔직? 무슨 말이야?"

"……류토가 사용한 스푼과 포크는 내가 수집하고 있어."

"수집?"

"……응. 수집. 닦지 않고 그대로 소중하게 아이템 박스에 보존되어 있어."

매우 불길한 예감이 들었다.

이 이야기를 계속해서는 안 된다고 육감이 경고했으나, 그럼에도 나는 묻지 않을 수 없었다.

"무슨 소리야…… 릴리스?"

"……즐기는 법은 여러 가지가 있어."

"즐기는 법이라니, 너…….."

으악…… 듣고 싶지 않다…….

하지만 그럼에도 나는 묻지 않을 수 없었다.

"……예를 들어 류토의 스푼."

"스푼?"

"……먼저 냄새를 즐겨."

"미안, 릴리스. 무슨 말을 하는지 전혀 모르겠어."

나의 발언을 무시하고, 릴리스가 수집품을 즐기는 법을 해설했다.

"……이어서 테이스팅."

"테이스팅?"

"……그리고…… 여러 가지………… 정말 여러 가지 일이 가능해."

"여러 가지 일이라니……?"

릴리스가 고개를 끄덕였다.

"……그건 아무리 류토라도 말해줄 수 없어. 나도 일단 여자…… 최소한의 부끄러움은 있어."

"미안, 릴리스. 다시 말하지만 나는 네가 무슨 말을 하는지 전혀 모르겠어."

"……그럼 조금만 더 설명하는 게 좋을까?"

"아니, 말하지 않아도 돼."

이 이상 들으면 나는 이 녀석과 같이 여행하지 못하게 될 자신이 있다.

그러니 듣지 않는다.

나는 머리를 싸매며 그 자리에서 웅크렸다.

"……왜 그래, 류토? 두통? 감기?"

릴리스가 걱정스럽게 나에게 말을 걸었다.

웅크린 나에게 릴리스가 다가온 그때—— 퍽 하고 메마른 소리가 울렸다.

"……우워후?!"

어퍼컷.

대략 이야기의 히로인 중 한 명이 내도 될 종류의 소리와는 거리가 먼, 그런 소리를 내며 릴리스가 몇 미터 상공으로 날아갔다.

그리고 잠시 뒤 풀썩 지면에 떨어지는 소리.

"내놔."

"……내놓으라니? 무엇을……?"

"네 수집품을 전부 내놔."

"……싫어."

"한 대 또 때린다?"

"……오히려 그건 상."

그러고 보니 이 녀석 맞으면 기뻐했지!

아아! 정말…… 짜증나는 녀석이네!

정말 이 녀석은 어쩌다 이렇게 된 거야!

"됐으니까 내놔! 이건 명령이야!"

"……명령? 속박……?"

갑자기 릴리스가 볼을 붉혔다.

"왜 그래, 릴리스?"

"후후…… 류토가…… 나에게 명령…… 나를 지배하에 두려고 해…… 나를 속박하려고 해…… 후후…… 우후…… 우후후…….."

사춘기 소녀가 결코 보여서는 안 될…… 거의 갈 것 같은 황홀한 표정으로 릴리스가 킥킥 웃기 시작했다.

솔직히 너무 무섭다. 누가 도와줘.

당황한 나를 무시하고, 릴리스가 아이템 박스에서 스푼과 포크를 꺼냈다.

그 숫자, 정확히 257세트.

"너 말이야…… 이건 내가 책임지고 폐기할 거다?"

"…………나의 수집품이……."

울먹이는 릴리스를 완전히 무시하며, 나는 봉투에 스푼과 포크를 넣었다.

모두 은제다.

마을로 돌아가 팔면 괜찮은 가격을 받을 것이다.

"아까 밥 먹을 때 내가 쓴 건 이거지?"

"……맞아."

나는 한 세트의 스푼과 포크를 꺼내 릴리스에게 맡겼다.

참고로 그것은 당연하지만 아직 설거지를 하지 않았다.

"지금 당장 설거지해서, 아이템 박스에 넣어. 망가질 때까지 계속 그 스푼과 포크를 꺼내주면 되니까."

릴리스가 불만족스러운 표정으로 고개를 끄덕였다.

"……알겠어."

——다음 날 아침.

내 앞에 놓인 스푼과 포크는 완전히 새것이었다.

그리고 나는 릴리스의 머리를 주먹으로 힘껏 때렸다.

뭐 그런 식으로 우리는 마을로 돌아갔다.

다음 날.

일단 우리는 마법학원으로 돌아갔다. 리즈는 릴리스의 기숙사 방으로 잠시 피해있도록 했다.

여러 준비를 하던 도중, 나는 일학년 담당 기숙사장에게 호출을 받았다.

수업을 거부하고 요 2주일간 모험가 길드에 들어간 것 때문에 혼나게 될 것임을 금세 눈치챘다.

출석일수와 단위 계산은 대학생 시절 실컷 골머리를 앓은 항목이므로, 내가 실수를 할 리가 없으니 쓸데없는 참견이지만…….

기숙사장의 사무실로 들어가자마자 호통이 날아왔다.

"류토=맥클레인 학생! 네 이놈! 코델리아 님과 무슨 관계냐?!"

"무슨 관계고 뭐고 소꿉친구인데요?"

"아무튼 지금 당장 여자 기숙사로 가! 너를 지명해서…… 코델리아 님께서 호출하셨으니!"

"여자 기숙사? 그 녀석은 지금 성기사단에 파견된 것 아닙니까?"

"나도 모르지만 갑자기 돌아오셨다! 오늘 너를 위해 종일 여자 기숙사에 머무신다고 해! 당장 여자 기숙사로 가! 지금 당장!"

그런 연유로 여자 기숙사의 면회실에서 테이블을 끼고 나와 코델리아는 얼굴을 마주하게 되었다.

"미안해, 류토."

코델리아가 입을 열자마자 사과하는 말을 꺼냈다.

"갑자기 무슨 일이야? 게다가 안색이 안 좋은데? 제대로 밥은 먹고 있어?"

눈 밑에 다크서클도 생겼고, 피부도 푸석푸석하다.

안색도 창백해서 예쁜 얼굴이 소용없을 지경이다.

"있잖아, 류토?"

"응? 왜?"

"나…… 마법학원을 그만두려고 해. 오늘로 너와 만나는 것도 마지막이 될 거야."

갑자기 무슨 말을 꺼내는 거야, 이 바보.

내가 경악하자, 코델리아가 슬픈 어조로 중얼거렸다.

"나는 용사잖아."

"응, 그렇지."

"하지만 지금은 마을사람인 너와 큰 차이가 벌어지고 말았어."

나는 골똘히 생각에 잠긴 코델리아의 표정을 바라보며 물었다.

"그게 왜 마법학원을 그만두는 것과 연결되는데?"

솔직히 마법학원을 그만두면 매우 곤란해진다.

시선이 닿는 범위 내에 두지 않으면, 지키기가 너무 힘들어지기 때문이다.

아무리 나라도 수백 킬로미터, 혹은 수천 킬로미터 떨어진 곳에서 멋대로 싸우다가 멋대로 위기에 빠지면 구할 수 없다.

"지금 성기사단은 내가 강해진다는, 단지 그것에만 한정하면 이 이상의 환경은 없는 곳이야. 나는…… 언제까지고 이런 곳에서 느긋하게 있을 틈이 없어."

"나쁜 말은 하지 않을 테니 그만두는 게 좋아."

나는 어느 정도 안정된 단계에서 독자적인 코델리아 강화 프로그램을 실시할 예정이다.

성기사단이 어떤 자들인지 모르지만, 나 이상의 강화 프로그램을 실시할 거라고는 생각할 수 없다.

뭐, 용사 폴다운처럼 금기 중의 금기를 다룬다면 이야기는 별개지만, 나의 동료를 제외한 이 세계의 인간 중에…… 극지의 끝에 있는 황혼의 허공까지 도달한 인간이 있을 거라는 생각도 들지 않는다.

"그만두라고? 왜?"

"나와 가까운 곳에 있는 편이 분명 너에게 좋으니까."

코델리아가 눈을 내리깔고 덜덜 떨기 시작했다.

"그러니까 나는 마을사람과 놀고 있을 시간이 없어."

"나와 놀고 있을 시간이 없다니?"

"나는 용사…… 그리고 아무리 네가 강해도 그 위의 영역은 존재해. 그러니 나는 그 영역을 목표로 삼을 거야. 또 시간은 유한해. 그러니 이 이상…… 너와 있을 시간이 없어. 시간 효율을 생각하면 이럴 수밖에 없어."

나는 그 자리에서 깊은 한숨을 내쉬었다.

"저기, 코델리아?"

"왜?"

"그럼 왜 너는 아무 말 없이 내 앞에서 떠나지 않은 거야. 게다가 오른쪽 눈가가 미세하게 떨리고 있는데……."

"오른쪽 눈가? 그게 뭐?"

거짓말을 할 때는 항상 오른쪽 눈가가 떨리는 거…… 옛날부터 변함없구나.

고민할 때 머리카락 끝을 계속 건드리는 버릇도 고쳐지지 않았다.

틀림없이 이 녀석은 현재진행형으로 어떤 트러블에 휘말린 거다.

"그럼 안녕. 더는 만날 일도 없겠지만."

이야기는 끝났다는 듯 코델리아가 일어섰다.

"잠깐, 코델리아?"

"……응?"

"도와달라……는 말은 안 하는 거야? 고민이 있잖아?"

나의 말에 코델리아의 눈에 금세 눈물이 고였다.

그리고 안도하는 표정을 짓고 무언가를 말하려고 했으나, 코델리아는 고개를 좌우로 저었다.

"……………딱히 아무 고민도 없는데?"

"너에게 나는…… 아직 그러게 의지가 안 돼?"

코델리아는 나에게 등을 돌리고, 면접실 출입구로 향했다.

"……바이바이. 류토."

커피를 모두 마시고, 나는 테이블에 컵을 세차게 내려놓았다.

"그런 거냐…… 잘 알겠어."

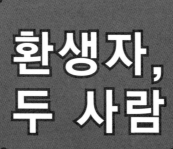

환생자, 두 사람

"I am a villager, what about it?"
Story by Arata Shiraishi, Illustration by Famy Siraso

제로와 기사단의 주둔지는 동서 종교의 완충지대인 일대의 근처에 위치한다.

　이 완충지대는 세상에서 버려진 토지라 불린다.

　옛날 종교전쟁부터 이어지는 역사적 경위 때문에 서쪽의 여러 나라를 크게 미워하는 그들은 신의 이름하에 서쪽 세력에 격한 공격을 가했다.

　서쪽 변방 마을을 괴멸시키거나, 혹은 대상을 습격하거나.

　그들 무장 세력의 조직 실태는 명확한 지휘계통이 없고 개인 세력에 털이 돋아난 수준의 집합체이다.

　그렇기에 서쪽의 여러 나라는 골머리를 앓았다.

　국가를 인간이라는 하나의 생물…… 예를 들어 포유류로 따질 경우, 머리가 정치의 중추가 된다.

　국가끼리의 전쟁은 이곳을 없애면 거기서 끝나므로 깔끔하다.

　그러나 지금 상황은 무장 세력을 하나의 포유류로 파악할 수 없다.

　말하자면 서쪽 여러 나라를 괴롭힐 것을 공통 목적으로 삼은 아메바의 대집단인 것이다.

　각각의 아메바를 아무리 없애도, 계속해서 이어지는 두더지 잡기 게임처럼 끝이 보이지 않는다.

　또한 이 토지에는 평범한 난민 마을과 집락도 많다.

　무해한 난민과 유해한 자의 구분이 매우 힘들다는 것도 무장 세력 제거의 어려움에 박차를 가했다.

속수무책인 가운데 무장 세력에 의한 피해가 점점 증가했다.

이에 최종적으로 여러 나라의 사정은 어쩔 수 없다……며, 투입된 것이 신성교회의 비공식 기사단이다.

기사단을 만들 때 제로 일동이 성교회에서 받은 명령은 매우 간단했다.

──수단은 묻지 않을 테니 이교의 무법자들을 섬멸하라. 비공식 부대로 지정한 의미를 잘 알고 행동하라.

그렇게 그녀들은 수많은 무법자들을 해치웠으나, 그보다도 훨씬 많은 수의 무고한 백성을 죽였다.

그러나 바꿔 말하면 그것은 미래에 무법자가 저지를 비극을 사전에 방지했다고도 할 수 있고, 성교회 내부에서는 그들의 공적을 칭송하는 자도 적잖이 존재한다.

아무튼 그러한 긍정적인 면은 서쪽 나라들의 사정이며, 서쪽 나라들의 일방적인 견해이기도 하다.

당연히 이 버려진 토지에서 그녀들을 보는 시선은 통일되어 있다.

즉, 간사이렌고를 말할 것 같으면, 이 일대에서는 우는 아이도 울음을 그치게 하는 사신의 대명사가 되어 있었다.

──시간은 거슬러 올라가 코델리아가 류토에게 이별을 전하기 며칠 전.

마을이 불타고 있었다.

평소처럼 성기사단은 전투원, 비전투원의 구별 없이 학살하고 있었다.

불타오르는 마을 광장의 벤치에 앉아, 안경을 쓴 남자── 모제스가 제로에게 말을 걸었다.

"그나저나 성미가 고약하군요."

"응? 성미가 고약하다? 무슨 말이야?"

"남자는 모두 꼬치로 꿰어 그 자리에 드러내놓는다. 여자는 모두 손발의 힘줄을 끊은 뒤 알몸으로 만들어 발정한 고블린이나 오크 무리에게 던져 당하게 만든다. 혹은 성노예로 데려가 질리면 판다. 성미가 고약하다는 말 외에는 나오지 않는군요."

"뭐, 그러라고 주문을 받았으니까. 뿌리째 뽑힐 때까지 철저하게 하지 않으면 아무리 지나도 끝나지 않아."

"아무튼 사람은 달라지는 군요. 본래 당신은 간사이에서 유명한 인문계 여학교를 다니던 고등학생 아니었던가요?"

"옛날이야기니까."

"……무리하고 있죠?"

"무리한다? 뭐가?"

"분명 사립학교는 중학교부터였던가요? 매일 공부하느라 힘들었을 텐데요."

"아빠가 의사라 잔소리가 심했으니까. 뭐, 입시 전에는 정말 힘들었지. 고3 봄부터 유급하지 않도록 수업일수를 계산해서 학교를 쉬고 하루 열다섯 시간씩 공부했거든?"

"흠? 공부하는데 학교를 쉰다고요?"

"우리 수준쯤 되면, 고등학교 2학년 중반에 대학입시 범위는 다 끝나니까. 그리고 그 상태에서 제일 효율적인 게 자습이거든."

"저는 잘 이해가 안 가는 세계입니다만——."

제로가 아련한 눈으로 하늘을 올려다보았다.

"뭐, 교토대학 의학부 입시일에 전철 탈선사고에 휘말려 이런 곳에 있긴 하지만."

"계속 책상 앞에서 보낸 청춘입니까. 억압된 인생을 살아왔군요."

"부정은 하지 않아. 하지만 덕분에 이세계에서 그 반동으로 마음껏 살고 있으니까. 환생하기 전에는 그야말로 아빠의 말을 듣기만 하던 인생이었으니."

"그런데 의사를 목표로 하던 수재 소녀에서 무뢰한 기사단을 이끄는 학살귀입니까…….."

"뭐, 전부 아빠가 나를 억압하던 반동이니까. 사실은 일본에 있던 시절부터 이미 정신은 어딘가 뒤틀려 있었고, 그것이 자유를 원하는 형태로 이 세계에서 나온 거겠지."

"마음껏 살고 있다……라. 그런데 왜 당신은 저런 요란한 행위에 참가하지 않는 겁니까?"

"보는 게 더 재미있잖아?"

"그럼 질문을 바꿀까요? 자유를 중요하게 여기는 당신이 어째서…… 조직에 속해 있는 겁니까?"

"멋있으니까."

"멋있다?"

"성기사단이면서 극악무도하게 설치고 있잖아? 나의 중2병에 불을 지피는 느낌 아니야?"

그 말에 제로가 입을 다물고 미간을 찡그렸다.

"무슨 말을 하고 싶은데? 딱히 레벨 따위 안 올려도 내가 최강인 점은 변함이 없잖아."

"무슨 말을 하고 싶은가 하면, 역시 무리하고 있는 것 아닙니까? 라는 건데요. 저에게는 당신이 하는 일은 그저…… 아니, 이것은 제가 할 말이 아니군요."

모제스가 잡담은 끝났다는 듯 어흠 헛기침을 했다.

"아무튼 진행은 어떻습니까?"

"먼저 인간을 죽이는 일부터 익숙해지게 하고 있어. 현상범의 목밖에 잡은 경험이 없는 모양이니까."

그러자 모제스가 어이가 없다는 듯 말했다.

"당신은 애초에 인간을……."

"응? 뭐가?"

"아니요, 아무것도 아닙니다. 말할 것도 없이 세계연합이나 성교회가 제시한 용사의 육성 프로그램은 무시해도 괜찮으니까요?"

"무시하라고 해도, 어차피…… 중간까지는 모제스 오빠가 제시한 강화 프로그램과 똑같잖아?"

"네, 아무래도 그들은 그녀를 진짜 버서커로 완성시키고 싶은 것 같더군요."

"그러니 거기까지는 같다는 거야."

"확실히 중간까지는 같습니다만 거기부터 다릅니다. 그들이 제시한 상식 범위 내에서의 강화 프로그램을 실행해봐야, 역시 그녀는 상식적인 범위에서 성장의 한계를 맞이하니까요."

"하지만 어차피 코델리아는 현지인이잖아? 우리 같은 밸런스 브레이커의 스킬을 소유한 것도 아닌데 왜 그렇게까지 신경 쓰는 건지."

"그녀가 용사이니까요. 우리 환생자는 대부분 상위직으로 태어납니다. 그러나 무슨 까닭인지 용사만은 존재하지 않습니다."

"모제스 오빠의 예상대로 일이 진행되면, 확실히 현지인 중 밸런스 브레이커가 탄생하겠지. 하지만 그건 결국 우리 같은 인간이 한 명 늘어날 뿐이잖아?"

"현지인이라는 점이 큰 의미를 지닌다고요. 당신도 그 이유를 모르지는 않겠지요?"

"뭐 좋아. 하지만 그렇게 일이 술술 풀릴까?"

"…………."

제로의 말에 대답하지 않고 모제스가 생글생글 미소를 지었다.

"그런데 내가 진행하려고 하는 비밀 용사 육성 프로그램. 환생자 사이에서는 다운폴이라고 불린다며?"

"네, 다운폴…… 몰락입니다."

"표현 참 절묘하네. 뭐, 나로서는 반전······ 턴오버가 더 어울린다고 생각하지만."

"그것 또한 괜찮은 말이군요. 뭐, 그건 그렇고······ 코델리아를 부탁하겠습니다."

모제스가 광장에서 떠난 지 몇 분이 지났다.

불타오르는 홍련의 불꽃 속, 제로는 레드 와인을 자루에서 꺼내 병째로 마시기 시작했다.

그리고 그녀는 마을의 아비규환을 바라보며, 따분하다는 듯 하늘을 올려다보았다.

그때 피를 뒤집어써서, 온몸을 새빨갛게 물들이고 분노한 얼굴의 코델리아가 나타났다.

"어떻게 된 일입니까?"

"어떻게 된 일이냐니?"

"이 마을은 서쪽의 완충지대를 어지럽히는 범죄자 집단의 아지트라고 했죠? 실제로 A랭크 모험가도 있었고요······."

"그런데? 무슨 말을 하고 싶은데?"

시치미를 떼는 제로에게 코델리아가 대들듯이 다가갔다.

"······이 마을······ 평범한 마을이지 않습니까. A랭크 모험가가 우연히 고향으로 돌아온······ 단지 그것뿐인······."

"사교도인 점은 똑같아. 경험치가 있으니 사냥하러 간다. 당연한 얘기야."

"이 싸움의 어디에 정당성이 있단 말입니까? 더러운 정의의…… 그런 대의명분조차 전혀 없잖아요?!"

제로가 한심한 듯 어깨를 으쓱했다.

"완충지대의 사교도 취급은 이런 법이야. 본래 난민상태로 갈 곳도, 소속된 나라도 없어. 서쪽뿐만이 아니라 동쪽 나라조차도 대부분의 나라는 이곳의 녀석들은 모두 죽이는 편이 낫다고 생각하는데?"

코델리아가 부들부들 떨며 제로에게 검을 향했다.

"더 이상…… 당신들과 소속을 함께 할 수 없습니다. 이번에 저는 A랭크 모험가를 죽였습니다. 서로 무인으로서 결투한 결과, 그렇게 되고 말았다며 나름대로 납득은 했습니다만……."

"무슨 헛소리를 하는 거야? 이번에는 A랭크 모험가 사냥만 맡겼지만, 다음부터는 코델리아도 학살에 참여해야 하거든?"

"……네? 무슨 말을……?"

"무슨 말이고 뭐고, 나에게는 코델리아 강화 프로젝트라는 일이 있으니까. 그건 일로써 해주지 않으면 안 된다는 뜻."

"비전투원을 아무리 죽여도…… 레벨은 올라가지 않잖아요?"

집게손가락을 세우고, 제로가 쯧쯧쯧 혀를 찼다.

"호칭 스킬: 버서커야."

그 말에 코델리아가 아연실색했다.

"저항하지 않는 비전투원의 학살을 계속하여 얻을 수 있는 호칭 스킬…… 버서커 말입니까? 제가 그런 짓을 할 수 있을 리가 없잖아요?!"

"해야 해. 비전투원을 천 명쯤 죽이면 그것만으로 칭호 효과를 내서 공격력이 1.25배가 되잖아?"

"어이가 없군요."

입술을 깨문 코델리아와 달리 제로는 심술궂은 얼굴로 환하게 웃었다.

"받아들일 수 없다는 얼굴이네?"

"상대가 현상범이라면 인간이 상대라도 죽이지 못할 것은 없습니다."

"상대가 중범죄자인지 아닌지는 아무 상관이 없어. 맞설 녀석은 사교도야. 대항하지 않는 여자들은 잘 훈련된 사교도야. 그렇게 인식하는 게 중요해."

"너무 지독한 것…… 아닙니까?"

"그러니까 설명했잖아. 무슨 말을 하는 거야. 사교도 상대로는 무슨 짓을 해도 된다고 성교회에서 보장했어. 이 일대의 무뢰한 집단을 비전투원도 포함해서 한꺼번에 처리하라…… 우리에게 맡겨진 더러운 일이야. 누군가가 이 일을 하지 않으면 안 돼."

코델리아는 제로를 노려보았다.

"지금 기회에 확실히 말해두겠습니다."

"응? 뭔데?"

"저는 당신이 싫습니다. 당신의 말 무엇 하나도 찬동할 수 없습니다."

"그럼 나도 이 기회에 확실히 말해둘까? 나는 모범생이……."

제로가 벤치에서 일어나 코델리아의 하복부를 걷어찼다.

"······싫거든!"

"큭······."

코델리아가 몸을 웅크리자, 제로가 그 등을 다시 걷어찼다.

"옛날의 나를 보는 것 같아서······ 너 같은 게 제일 화가 나."

축구공을 차는 듯한 발차기가 갈비뼈에 맞자마자, 코델리아의 폐에서 "그흑" 하는 소리가 새어나왔다.

"뭐, 높은 분에게 너의 강화를 의뢰받았거든. 일단 지금 처지를 이해하라는 의미로 혼쭐을 내주겠어."

거헉.

꺼림칙한 소리와 함께 다시 발차기가 코델리아의 볼에 박혔다.

입 안이 찢어졌는지 입에서 선혈이 흘렀다.

그리고 때리고 차는 폭행이 이어졌다.

시간으로는 몇 분 정도일까, 이리저리 튀는 혈액과 함께 코델리아는 이를 악물고 고통을 견뎠다.

"어때, 이만큼 당했으면 조금은 알겠지?"

얼굴에 몇 개나 푸른 멍이 들면서도, 코델리아는 다시 제로를 노려보았다.

"저는······ 폭력 때문에 신념은 굽히지 않습니다. 묻겠습니다. 이 기사단에서 탈퇴하는 방법을 가르쳐주십시오."

"이 기사단은 힘이야말로 정의야. 그러니 최강인 나에게 권한이 집중되어 있어. 인사 관련도 나의 전담 업무거든. 뭐, 귀찮으니까 부장에게 권한이양을 해서 아웃소싱을 하고 있지만. 당연히 코델리아의 경우에는 신청해도 퇴단은 허락되지 않으니까."

"…………."

"그런 슬픈 얼굴은 하지 말라고. 그래도 코델리아에게는 기회가 있잖아? 간부의 교대는 사적인 결투로만 이루어지니까. 거긴 어떤 상황에서의 하극상도 허락되거든."

"그럼 부장과 결투해서 이기면⋯⋯?"

"코델리아가 부장이 되어 자기 자신의 퇴단 결정도 가능하게 된다는 뜻. 그 경우에는 아무리 나라도 거부하지 않겠어."

"그럼 부장과 결투를⋯⋯."

그때 제로가 짓궂게 웃었다.

"다만 부장은 S랭크라도 최상위 클래스야. 게다가 나와 같은 인비저블이라는 특수 스킬도 갖고 있어. 실력이 전혀 다른데다 코델리아는 인비저블 스킬에 대처할 방법도 없잖아? 눈을 가리고 싸우다니, 말 그대로 격이 달라. 만에 하나라도 코델리아에게는 승산이 없다고? 그리고 하극상 실패 시 진 쪽은 살해당해서 상대의 경험치가 돼. 또한 사체는 돼지우리의 먹이통으로 가."

"⋯⋯다른 방법은 없습니까? 저는 이 장소에서 이 이상 당신들과 같은 공기를⋯⋯ 마시고 싶지 않은데요."

제로가 질렸다는 듯 웃었다.

"이거 참⋯⋯ 고집스럽네. 아직 고통이 부족한 얼굴이야. 하지만 이 이상 하면 고문이 되고 말거든. 마음에 한 번이라도 깊은 패배감에 젖어버리면 턴오버에 필요한 조건이 완전히 날아가버려."

"⋯⋯턴오버?"

"신경 쓰지 않아도 돼. 그때가 오면 알 테니까. 자…… 어떡할 까."

제로가 손을 짝 마주쳤다.

"너 같은 애는 본인을 괴롭히는 것보다 주변부터 건드리는 게 효과가 높겠네. 그래, 내 말에 순종할 때까지 네 주변 사람을 한 명씩 없애는 건 어떨까?"

그 말에 코델리아는 한쪽 눈썹을 올렸다.

"주변 사람……?"

"그밖에도 태어난 마을에 부모님과 형제자매며 친척 등도 있겠 네. 게다가 마법학원였던가? 다 큰 소녀에 덤으로 절세미녀잖아. 뭐, 남자친구도 한 명쯤 있겠지?"

코델리아가 그 말에 확연히 불안한 표정을 지었다.

눈썹을 내리고, 무언가 참는 듯 아랫입술을 강하게 깨물었다.

"어라, 정답인 모양이네. 좋아, 그걸로 가자!"

제로가 만족스럽게 몇 번이나 고개를 끄덕이자, 코델리아가 신 음소리에 가까운 소리를 냈다.

"……없잖아?"

"응? 뭐라고?"

"……주변 사람은…… 상관없잖아?"

제로가 고개를 가로저었다.

"건방져. 누구에게 부탁할 때는 무릎을 꿇고 빌어야 한다고 어 릴 때 안 배웠어? 가정교육도 못 받은 멍청한 꼬마가 여기 있네."

어깨를 부들부들 떨며, 코델리아가 바닥에 떨어진 신탁의 성검으로 시선을 옮겼다.

"그만둬. 검을 들고 저항하면 10초 이내에 삼도천을 건너게 될 테니까?"

코델리아는 몇 초간 성검을 응시하다 고개를 가로저었다.

그리고 제로가 시키는 대로 그 자리에 무릎을 꿇었다.

손을 바닥에 대고 이어서 머리를 바닥에 대려고 했으나, 그녀의 얼굴이 고통스럽게 일그러졌다.

입술을 너무 세게 문 탓에 피가 한 줄기 바닥으로 떨어졌다.

코델리아가 그 자리에 가만히 있은 지 몇 초가 지났다.

"비는 거야, 마는 거야, 어느 쪽이야."

"…………."

다시 코델리아가 몇 초간 가만히 있었다.

분노.

공포.

그리고 자신의 무력감에서 오는 체념.

여러 감정이 마구 뒤섞인 그녀가 무어라 말할 수 없는 표정을 짓고, 바닥에 이마를 댔다.

"그만……둬…… 내가 사랑하는 사람들에게…… 손을 대는 짓만은…… 그것만은…… 하지 말아주십시오."

제로가 바닥에 이마를 댄 코델리아를 향해 오른발을 높이 쳐들었다.

──내려치기

코델리아의 두개골이 바닥과 발뒤꿈치 사이에 샌드위치처럼 끼었다.

흙모래가 일고, 바닥에 반경 1미터 크기의 크레이터가 형성되었다.

"결국 너도 협박에…… 폭력에…… 굴복하는 거냐……."

생각하는 바가 있는지, 제로가 조금 씁쓸한 표정을 지었다.

"…………."

"기절했나. 용사라고 해도 그리 튼튼하진 않은 모양이네……

뭐 됐어. 일주일간 휴가를 줄 테니 신변정리를 하고 와."

"…………."

"참, 대답할 수 없던가. 뭐 됐어. 네가 무른 건 하찮은 녀석들과 편안한 생활을 보냈기 때문일 테니까. 향수병에 걸리지 않도록 모든 관계를 완전히 끊어버려야지. 너는 앞으로 여기서 살아가야 하니까."

──그렇게 코델리아는 마법학원과 고향으로 돌아가 신변정리를 하지 않을 수 없게 되었다.

그리고 시간은 다시 현재.

코델리아가 류토에게 이별을 전한 지 며칠이 지났다.

지금 나는 주둔지의 광장에서 부장과 마주하고 있다.

주변에는 구경꾼인 기사단원이 스무 명 정도 있고, 그들의 정부들까지 총 쉰 명 정도.

그리고 제로가 있다.

"이 기사단은 힘이야말로 정의 그렇죠? 단장님."

검을 부장에게 향하는 나에게 제로가 히죽히죽 웃으며 대답했다.

"맞아."

"간부의 교대는 사적인 결투뿐…… 어떤 형태로든 하극상도 허용된다. 그게 사실이죠?"

"그래, 맞아."

"그리고 부장님은 인사권을 통괄하고. 물론 기사단을 빠져나가는 것도 말이에요. 그때 당신이 분명 그렇게 말했죠?"

"다만 부장은 S랭크에서도 최상위 클래스야. 게다가 특수 스킬도 있어. 말 그대로 격이 다르니, 너에게는 절대 승산이 없을걸? 하극상이 실패하면 진 쪽은 살해당해서 경험치에 보탬이 돼. 그럴 각오는 되어 있나?"

그것은 이미 잘 안다.

하지만 제로는 신성교회로부터 나의 육성을 맡았으므로, 내가 사망하면 위에서 큰 벌을 받게 될 것이다.

그런 의미에서 말하자면, 혹시 나는 죽지 않을지도 모른다.

물론 그것은 너무 희망적인 관측에 지나지 않는다.

죽일 마음이 없어도, 그때의 상황에 따라 죽는 일도 있다.

애초에 이 기사단에서 목숨을 걸고 승부를 내는데, 적당히 봐 줄 리도 없을 것이다.

"도망쳐서는 아무것도 변하지 않아. 싸우지 않으면, 시작되지 않아."

그렇게 중얼거리고, 나는 고개를 끄덕였다.

이번에는 아무리 류토라도 제로에게는…… 대적하지 못할 것이다.

아니, 그것이 아니다.

언제까지고 류토에게 의지하기만 해서는 안 된다.

류토에게 이별을 고한 까닭은 류토에게 계속 의지한 나의 나약한 마음을 벌하고…… 배수의 진을 칠 각오를 다지기 위해서였다.

내가 제로를 이기는 것은 불가능하다.

하지만 부장이라면 못 할 것도 없다.

그는 인비저블 스킬이 없어도 S랭크 최상위 수준의 실력자라고 한다.

A랭크를 간신히 넘을까 말까 한 나와 비교하면 딱 한 랭크만큼 실력 차이가 난다.

전장이라면 다섯~열 명이 일제히 덤벼야 간신히 호각으로 겨룰 수 있는 전력 차이다.

그러나 반대로 말하면 열~스무 명이 뭇매를 때리면, 검으로 죽일 수 있는 전력 차이밖에 나지 않는다는 뜻이다.

그렇다면 책략을 짜내 잘 대처하면 뒤엎지 못할 전력 차이는 아니다.

그리고 나에게는 책략이 있다.

"자, 와라!"

나의 말과 함께 기사단 부장의 모습이 나의 시야에서 사라졌다.

아무래도 하극상의 개시인 모양이다.

희미하게 발소리가 들렸다.

부장은 꼼꼼하게도 가벼운 발걸음 스킬을 극한까지 써서 소리를 없앤 것 같다.

그러나 스킬 레벨은 높지 않은지 귀를 기울이면 들리지 않는 것도 아니다.

소리를 따라 서로의 공격권 안으로 들어가기 직전 나는 뒤로 뛰어 거리를 벌렸다.

실력으로도 지고, 상대의 모습도 보이지 않는다.

그야말로 어쩔 도리가 없는 상황이지만, 방법이 딱 하나 있다.

"그렇다면 아예…… 눈을 감으면 돼."

류토는 그저 스테이터스 괴물이 아니다.

그것만이 아니라, 웬만한 근접 전투직 따위는 훨씬 능가하는 검술도 지니고 있다.

대기의 흐름, 발소리, 상대방의 냄새.

오감에 더해 경험에 의거하여 전투할 때 발현되는 초감각——육감마저 이용하여 상대의 움직임을 읽는다.

확실히 그 녀석은 상상을 뛰어넘는 길을 걸어가 거기까지 올라갔을 것이다.

아마 인간의 서식지를 지나, 마물의 서식지마저 넘어서…… 초현실적인 생물…… 아니, 가장 강한 생물이 활보한다는 극지의 토지까지 발을 들였다.

일상이 목숨의 위기와 어깨를 나란히 하는 가운데 더욱 강한 상대를 잡으며, 그렇게 인류가 도달할 수 있는 극한 가까운 곳까지 류토는 레벨을 올렸을 것이다.

도저히 내가 따라할 수 있는 길이 아니다.

필연적으로 그 녀석과 나는 사선을 넘나든 회수가 다르다.

그러나 나도 매일매일 마물을 상대로 싸우는 세계를 살아온 것도 사실이다.

그렇다.

전투 회수와 경험만이라면 결코 뒤지지 않는다.

그렇다면 같은 일이 그 녀석은 되고 나는 안 되는 일은 없을 것이다.

시각 외의 오감을 극한까지 예민하게 하여, 따가운 사지의 공기를 영혼의 수준으로 느끼며, 목숨의 위기를 뇌에 새겨 육감을 불러일으킨다.

숨을 스읍 들이마시고, 감은 눈을 뜬 순간, 나는 대각선 앞으로 뛰어 검을 휘둘렀다.

──여기다!

지금 나는 부장의 상단 내리치기를 피했다.

동시에 카운터로 부장의 배에 검을 옆으로 휘둘러 때려 넣었을 터였다.

그러나 검에 전해진 감각과 묻은 혈액으로 보아 내가 낸 상처는 상당히 얕았다.

피부 아래 1센티미터 정도의 지방층밖에 베어내지 못한 모양이다── 이래서는 전투불능에 빠지는데 한참 걸린다.

그때 주위에서 구경꾼들의 대화가 들려왔다.

"심안인가. 소드 마스터라 불리는 영역의 검술이야."

"소드 마스터라면, 직업: 검성이 수십 년간 검만 연마해야 간신히 도달하는 칭호 아닌가? 저런 여자애가……?"

"범상치 않은 재능을 갖고 태어났으니 용사인 거잖아? 신탁을 받은 지 십 년도 지났어. 딱히 이상한 일도 아니야."

"부장님의 인비저블이 깨졌다는 건…….."

"걱정할 거 없어. 오히려 궁지에 몰린 건 코델리아라고?"

"선수를 친 쪽은 여자애 쪽이잖아요?"

과연 제로는 잘 알고 있다.

실력으로는 크게 뒤지니까, 설령 인비저블 효과가 없더라도 힘의 관계는 변하지 않는다.

그렇다면 반대로 내가 인비저블에 대응하지 못한다고 믿게 만드는 편이 훨씬 유리하다.

인비저블에 대응하지 못하리라 나를 얕보며 방심한 틈을 타 일격으로 끝낸다…… 그것이 나의 책략이었으니까.

그때 부장이 인비저블을 풀고 내 앞에 모습을 드러냈다.

"인비저블이 막힐 줄은 몰랐어. 과연 용사라고 해야 할까."

"칭찬해주시니 영광……이라고 대답해두죠."

부장이 검을 허리에 찬 검집에 넣었다.

과연, 그렇게 나오나, 하며 나의 볼에 한 줄기 식은땀이 흘렀다.

부장이 하려는 것은 발도술이다.

궤도를 읽지 못하는 데다, 검집 안에서 검을 가속시키는 것이 그 공격의 최대 핵심이자 이점이다.

톱 스피드 가까이 가속된 검이 갑자기 궤도를 읽지 못하는 상태에서 휘둘러지므로, 그야말로 일격필살이다.

"그럼 저도 따라하겠습니다."

나도 역시 부장을 따라 허리의 검집에 검을 넣었다.

"스피드 승부가 될 텐데? 실력으로는 압도적으로 내가 유리한 건 알지 않나? 자네…… 제정신인가?"

"…………."

나는 가만히 부장을 노려보았다.

서로 일격에 모든 것을 걸고, 전광석화처럼 승부는 단숨에 갈릴 것이다.

당연히 어느 쪽이 죽을 확률도 매우 높다. 하지만 나는 등이 찌릿찌릿한 이 감각이 싫지 않다.

"흠. 죽음을 각오한 자의 표정이 아니군. 그 눈은 이 앞의 미래로 향하고 있어."

나는 부장의 말에 대답하지 않고, 그저 기억 속의 그녀를 떠올렸다.

——릴리스의 금색 포효.

그 마법은 자신의 MP를 모두 마법 공격으로 바꾸는 기술이다.

마법사에게 MP는 모든 생명선이며, 혹시 끝장을 내지 못한 경우 뒤는 될 대로 되라는 식의 방어를 완전히 버린 일격필살 스타일이다.

체구가 작은 그 여자와는 전혀 어울리지 않는 궁극의 대담한 스타일이라고 할 수 있다.

그리고 사실 그 기술로부터 나는 여러 가지를 공부하게 되었다.

체내의 모든 마력을 모두 폭발시키는 술식 구성의 조합은 정말 큰 깨달음을 주었다.

나의 버서커 모드는 마력의 폭주를 이성의 제어 하에 두는 기술이다.

그리고 버서커 모드 상태로 릴리스의 그 기술처럼 폭주시킨 마력을 더욱 크게 폭발시킨다면…… 하고 생각한 것이 얼마 전의 일이다.

본래 버서커 모드는 몸의 부담과 MP의 문제로, 긴박한 시간제한을 전제로 신체능력을 높여서 운용한다.

그러나 내가 지금부터 하려는 일은 시간제한 같은 애매한 이야기가 아니다.

말 그대로 그저 일격에 모든 것을 걸어야 한다.

"진짜 버서커를 보여줄게."

"……흠?"

몸속의 마력을 폭주시켰다.

나의 눈이 붉게 물들었다.

또한 나는 릴리스의 술식 구성을 참고로 근조직에 MP를 흘려넣어, 일정량에 달한 순간 폭발적인 풀 버스트를 걸었다.

"그럼 버서커여……."

"네. 시작할까요."

나의 말이 끝난 찰나.

서로의 표정에 긴장감이 흐르고── 서로 동시에 검집에서 검을 뽑았다.

그리고 1초 후, 제로가 탄성을 발했다.

"헤에……."

제로가 짝짝짝 박수 치는 소리가 주위에 울려 퍼졌다.

"사실 나는 이 결과를 시뮬레이션 스킬로 예상했거든. 사망자가 나오지 않을 것을 전제로 한다면…… 이것이 2만 가지 중 단하나의 정답이었어. 이거 솔직히 놀랐는데."

그때 내가 쳐낸 부장의 검이 떨어지더니, 땅에 깊숙이 박혔다.

"발도술로 노린 것은 처음부터…… 검이었다고?"

망연자실하게 갈라진 목소리로 부장이 말했다.

"그렇기에 의표를 찔렀습니다. 저도 여러모로 잔재주를 부렸습니다만, 그래도 똑바로 싸우자니 S랭크 최상위에는 미치지 못했으니까요."

다시 제로가 더욱 강하게 짝짝짝 박수를 쳤다.

박수에 대해 가볍게 고개를 숙여 답례를 하고, 종이로 피를 닦은 뒤 나는 다시 검을 허리에 찼다.

"그럼 제로 씨. 저는 이것으로 물러나도록 하겠습니다."

솔직히 이런 곳에서 더는 1초도 있고 싶지 않다.

서둘러 떠나려는 나의 뒤에서 제로가 말을 걸었다.

"잠깐만?"

"왜 그러시죠?"

"빠지는 건 용납할 수 없어."

나는 그 자리에 서서 아연실색했다.

무슨 말을 하는 거야, 이 녀석은…….

"뭐? 어떻게 된 거죠? 분명 아까는 기사단을 나가도 된다고……."

"확실히 나 개인으로서는 탈퇴를 허락했어."

"그런데 왜 이러는 겁니까?!"

"이곳의 규칙을 만든 사람은 나야. 그렇게 약속하고 이 기사단을 만들었으니까. 그러니 인사권은 내가 아웃소싱으로 권한을 이양하여 부장이 전담하도록 했어. 확실히 기사단원이라면 그래도 되지만, 네 경우에는 조금 다르잖아."

"…………?"

"너는 기사단이 맡은 준 구성원이라는 뜻이야. 정식 소속은 신성교회 본부로 되어 있어. 그곳에서 파견된 형태니까, 당연히 나 개인에는 아무 인사권도 없다고."

"그럼…… 방금 결투는 왜 막지 않는 겁니까?"

아아, 그거. 제로가 싱긋 웃었다.

"단장에게는 단원의 정신 건강과 복리후생을 생각할 의무가 있거든. 이런 재미있는 도박 이벤트…… 찬물을 끼얹을 수는 없잖아?"

"이럴……수가…….”

나는 그 자리에 무릎을 꿇었다.

"나는…… 무엇을 위해 각오하고 싸운 거야……?"

절망하는 나에게 주변 사람들이 비아냥거림과 경멸, 실소를 감추지 않았다.

킥킥, 혹은 깔깔거리는 웃음소리가 들렸다.

올려다보니 제로도 역시 히죽히죽 추악한 미소를 짓고 있었다.

분해서 눈물이 흘러 나왔다.

"하하, 재미있지? 웃음이 나지? 우리 아빠는 교육열이 심해서…… 뭐, 중학생 때 나도 부 활동을 하고 싶었거든. 테니스 말이야, 테니스. 그래서 시험에서 전교 일등이 되면 부 활동을 해도 된다는 말에 죽도록 공부했지. 막상 전교 일등이 되니 '설마 해낼 줄 몰랐지만, 국립대 의학부에 들어갈 가능성이 생겼으니 부 활동 따위를 할 때가 아니다'라고 하더라. 뭐, 무슨 이야긴지 너는 전혀 모르겠지만…… 아무튼 이런 거 재미있잖아? 웃음이 나잖아?"

시야가 눈물로 뿌옇게 번했다.

나는 그저 분해서 바닥을 주먹을 때릴 수밖에 없었다.

"젠장…… 젠장……! 겨우 이런 곳에서 해방되나 했는데…… 더는…… 다른 방법이 없는…… 거야……?"

이대로 이 장소에 있으면 나는 비전투원의 학살을 돕는 꼴이 된다.

확실히 제로 등은 합리적으로 정치 세계의 논리에 따라 움직이고 있다.

더러운 일은 필요하다는 것도 알겠지만, 이런 방법이 정답이라고는 도저히 생각할 수 없다.

그렇다고 다른 방도 역시 얼른 떠오르지 않는다.

하지만 적어도 몰살을 기본으로 하는 성교회의 방식은 나 개인으로서는 내키지 않는다고 단언할 수 있다.

어디……, 나는 생각했다.

나에게 남겨진 선택지는 많지 않다.

하나는 제로가 하는 말을 듣고, 몸도 마음도 이 기사단에 물들이는 것이다.

이 경우에는 비전투원의 학살에 참여하지 않으면 안 된다.

또 하나는 기사단에서 도망쳐, 어딘가 산속에서 세상과의 인연을 끊는 것일까.

이 경우에는 고향의 부모님에게 큰 부담을 준다. 아니, 전에 제로가 한 선언으로 보아, 마법학원의 같은 반 학생들도 추궁을 당할지도 모른다.

그리고 마지막 하나는…… 자살.

다른 누구에게도 피해를 입히지 않는 매우 간단한 의사표시지만, 나 자신은 큰 피해를 입는 최악의 문제가 있다.

어떻게 할까 생각하였으나, 역시 나의 머릿속에는 절망이라는 두 글자밖에 떠오르지 않았다.

"이제 틀렸어. 방법이 없어⋯⋯."

앞으로 내가 걸어갈 미래는 뭐든 가장 처참한 길이다.

어떤 것을 선택해도 똑같이 파멸적인 배드 엔딩이므로, 어떤 것도 선택할 수 없다.

용사라며 떠받들어지고, 어느새 중앙에서는 버려지더니, 학살귀의 한 축을 담당하게 되었다.

나의 인생은 대체 무엇일까.

무엇을 위해 나는 이 세상에 목숨을 걸고 죽도록 싸워왔을까.

나는 대체⋯⋯ 왜 싸우고 있을까.

분해서 눈물이 멈추지 않고 흘러 넘쳤다.

동시에 마음이 뚝 꺾이는 소리가 들렸다.

"이제⋯⋯ 아무래도 좋아. 될 대로⋯⋯ 되라지."

사면초가인가⋯⋯ 하며 반쯤 포기하려던 그때——.

——주위에 비명이 울려 퍼졌다.

그리고 흐릿한 나의 시야에 한 광경이 들어왔다.

그 광경이란 엄청나게 거대한 소용돌이가 모래며 뭐며 전부 휘감아 날아오르듯이 인간이 사방팔방 수십 미터 단위로 날아가는 것이었다.

즉, 제로가 이끄는 성교회 굴지의 정예 멤버가 넝마처럼 하늘을 날고 있었다.

"아윽!"

어떤 자는 숲으로 날아가, 몇 그루의 나무를 쓰러뜨린 끝에 거품을 뿜었다.

"부긱!"

그리고 어떤 자는 수직으로 백 미터 이상 날아가, 머리부터 떨어져 두개골이 함몰됐다.

"갸아아아아아악!"

"흐기익!"

"그갸악!"

기사단원이 차례차례 쭉 맞으며, 온갖 방향으로 호쾌하게 날아갔다.

순식간에 기사단의 절반을 날리고, 이쪽으로 유유히 남자가 걸어왔다.

그 남자를 확인하고, 나는 조금 전까지의 분한 눈물과는 다른 감정에 눈물을 흘렸다.

아니, 그게 아닌가. 어떤 의미로는 이것 역시 분한 눈물일까.

"저기, 류토? 왜…… 온 거야? 너와는 이제 만나지 않겠다고 했잖아?"

"왜 왔긴, 네가 곤경에 처했으니 왔지."

하아…… 왜 매번 이런 식일까, 이 사람은.

"너에게 건넨 펜던트 있었지?"

"이거?"

"그래, 사실 그거 통신기능도 달려 있거든. 사정은 대략 그걸로 이해했어."

스토커냐!

라고 딴죽을 걸고 싶었다.

아니, 실제로 조금 기겁했다.

하지만 잘 생각해 보니 감시 자체는 누구에게 받아도 싫지만, 그래도 다른 사람도 아닌 류토가……라고 생각하니 그렇게 싫지 않았다.

그때 나는 이래서는 큰일임을 깨달았다.

아무래도 진심으로 순순히 그렇게 생각하고 말 정도로 나 또한 중증이 되어 가고 있는 걸까…… 하고.

나는 진절머리를 내면서도 류토에게 말했다.

"하지만 이번만은…… 너도 도저히 이길 수 없을걸."

"코델리아?"

"왜?"

류토가 조금 서운한 표정을 지었다.

"지금까지 몇 번이나 너를 구했는데."

"응…… 그랬지."

"한 번도 네가 나에게 도움을 요청한 일이 없어. 전부 내가 멋대로 구했을 뿐이야."

"그러고 보니…… 그럴지도."

"가끔은 나에게 기대."

"그러니까 이번만은…… 너도 상대할 수 없다고……."

류토가 역시 서운한 표정으로 나에게 물었다.

"그렇게 내가 의지가 안 돼?"

"저기, 너는 사정을 안다고 했지?"

"그래, 알고 있어."

"…………이길 수 있을 리가 없다고 말했잖아! 아무리 너라도 저런 괴물…… 상대할 수 있을 리가……!"

"하지만 스테이터스 상으로는 기껏해야 S랭크 하위잖아?"

"진심이야? 상대는…… 전장에서 모든 가능성을 읽어내고, 최선의 방법을 취할 수 있는…… 괴물이라고? 스테이터스 차이의 의미가 없어지고 마는…… 이 세상의 섭리를 뒤집는 괴물이거든?"

"그러니까 말했잖아. 조금은 나에게 기대. 무엇이든지 혼자 단정 짓고 끌어안고 있지 마."

"하지만…….."

"다시 한 번 묻는다? 그렇게 내가 의지가 안 돼?"

"하지만 나는 용사고…… 너는 마을사람인데…… 사실은 이런 일이 있어서는 안 되고…… 이상한 이야긴데…… 게다가 제로는 너무 상식 밖이라…….."

"나는 마을사람이고, 너는 용사야. 확실히 이상한 이야기일지도 몰라. 하지만 우리는 소꿉친구잖아. 그리고 나는 남자고 너는 여자야. 소중한 여자를 지키고 싶은 남자의 마음이 그렇게 이상한가?"

"그래도…… 역시 제로는 너무 강해서…… 너는 실물을 본 적이 없으니까…….."

그러자 류토가 슬픈 표정을 지었다.

"너 말이야? 용의 마을에 가고 난 뒤 지금까지의 내 인생……
무시하는 거 아냐?"

"……어?"

아니, 슬픈 얼굴이 아니다.

이것은…… 류토는 화를 내고 있다.

옛날 어린 시절에 내가 꿀을 찾으려고 부주의하게 벌집으로 다
가간 적이 있다.

그때는 무엇이든 혼자 할 수 있는, 묘하게 어른스러운 류토를
돌아보게 하고 싶어서, 혼자 꿀벌의 꿀을 찾으려고 생각했던가.

하마터면 큰 참사가 벌어질 뻔했을 때, 역시 그때도 류토가 구
해줬다.

당시에 주먹으로 맞긴 했지만, 그때 류토는 지금과 같은 얼굴
을 하고 있었다.

『연기로 약하게 만드는 등 여러 가지 방법이 있을 텐데, 정면으
로 뛰어들다니 어쩔 셈이야…… 위험한 일을 할 때는 나에게 상
담해.』

그리고 역시 류토는 그때와 마찬가지로 나의 머리를 주먹으로
살짝 톡 때렸다.

"벌집을 건드리던 옛날하고 달라지질 않네, 너는. 나 참…… 무
엇이든지 혼자서 해결하려고 한다니까."

류토도 그때 일을 떠올리고 있었구나…… 하며 나도 모르게 웃
음을 터뜨릴 뻔했다.

"너도 대체로 달라지질 않았지만. 그래서 어떤데?"

"뭐가?"

"정말 이길 수 있어?"

"너를 둘러싼 모든 환경을 힘으로 날려버린다. 그렇게 생각했기에 여기에 있어."

"……응."

"그럼 한 마디…… 나에게 부탁해. 단지 그것만으로 모든 것이 해결돼. 아무 상담도 없이 혼자 멋대로 무엇이든 결정하고, 멋대로 일방적인 이별을 고하는 건 매우 화가 나는 법이거든?"

나는 기가 막혔다.

용의 마을로 혼자 멋대로 떠난 사람이 어디의 누군데.

무심코 때리고 싶었지만, 나는 너무 기가 막혀서 그 자리에서 웃고 말았다.

그리고 생각했다.

아아, 이 녀석에게는 역시 당해 내지를 못 하겠구나…….

"도와줘, 류토. 나 혼자서는…… 이제 방도가 없어."

"그래, 알겠어. 다음부터는…… 힘들면 꼭 상담하라고?"

"……응."

류토가 제로를 향해 몇 걸음 나아갔다.

그때 제로가 즐거워하며 류토에게 물었다.

"이봐, 오빠?"

"뭔데?"

"이야기는 잘 들었는데…… 네가 무엇을 할 수 있다는 거야?"

류토는 싱긋 웃는 얼굴로 제로를 향해 손가락 욕을 날렸다.

"네놈을 흠씬 혼내줄 수 있어. 단지 그것뿐이다."

하하하, 제로가 배를 잡고 그 자리에서 웃음을 터뜨렸다.

"하하, 하하하, 웃기지 않는 농담도 너무 지나치면 오히려 웃기거든? 하하하, 아— 재미있어! 웃겨 죽겠네! 답례로…… 철저하게 죽여주마!"

"그래, 신기하네? 나도 너를 상대로는…… 여자라도 봐주지 않겠다고 결심했으니까."

"정말 꽤나 자신만만한데? 모처럼 만났으니 물어보마. 너는…… 대체 누구야?"

"나 말이야?"

조금 생각하던 류토가 의기양양하게 웃으며 대답했다.

"——마을사람인데, 문제라도?"

"마을사람. 아아, 그렇구나. 소문대로 건방진 남자네."

"응? 정보통이라는 건가?"

코델리아에게 제로라 불린 소녀가 눈에 띄게 나를 경계하기 시작했다.

임전태세인 모양이다.

"너에 대해서는 반년 전부터 우리 사이에서는 화젯거리였거든.

내 진짜 이름은…… 이코마 레이(生駒零)."

"이코마 레이……? 제로…… 레이…… 과연. 이코마…… 레이
인가."(레이는 영과 발음이 같다)

이제야 환생자가 나오나보다.

아지랑이 탑의 일 이후, 마계 바깥을 돌아다닐 때, 나도 뒤늦게
그들의 대체적인 사정을 파악했으니까.

언젠가 부딪치리라 생각했으나…… 이 타이밍인가.

"이봐, 릴리스?!"

제로가 나를 경계하듯이, 나도 제로를 최대한 경계해야 한다.

즉, 나도 언제든 MP의 절약 상태에서 단숨에 모든 술식을 가
능해야 한다는 뜻이다.

"……잘 알고 있어."

10미터쯤 떨어진 곳에서 릴리스가 대답했다.

릴리스의 뇌를 빌려 선술과 금술을 모두 해방시켰다.

온몸을 투기로 감싸자, 나를 중심으로 폭풍 같은 바람이 휘몰
아쳤다.

이것으로 지금 나는 모험가 길드 환산으로 말하자면 S랭크보
다 더욱 위쪽…… SS랭크보다 더 강한 최상위급이 되었다.

"하하, 이거 놀랍네. 소문대로 기가 막힌 스테이터스 바보인 모
양이야."

"그것을 위해서만 16년이라는 세월을 들였으니까."

제로는 나의 압도적인 오라를 앞에 두고도 여유로운 미소를 잃
지 않았다.

"그럼 가르쳐주마. 그 16년이…… 얼마나 쓸모없는 세월이었는지!"

제로가 오른손의 엄지와 중지를 딱 울렸다.

"벌레처럼 콱 밟아 으깨버릴 테니까!"

말을 마치자마자 바로 제로가 가면 같은 표정을 지었다.

기계음성과 같은 목소리로 그녀가 말을 늘어놓았다.

"적의 스테이터스 분석 종료. 연산 조건: 아군의 무사 귀환과 10분 이내의 승리……. 시뮬레이션 개시………… 해당 사항 제로. 연산 조건을 20분 이내로 하여 다시 연산 개시…… 125만 가지 공방 시뮬레이션 결과 해당 사항 제로. 연산 조건 변경. 아군의 일정 대미지도 허용한다. 다시 연산 개시…… 155만 가지 공방 시뮬레이션 결과…… 해당 사항 1. 이것으로 뇌내 시뮬레이션 결과를 복사. 소뇌와 마법회로의 최적화를 실행합니다…… 프로세스 성공. 이것으로 다양한 이레귤러의 존재를 고려하여도 승리할 가능성이 99.999999999퍼센트가 되었습니다."

제로가 허리에서 장검을 뽑아 나의 눈높이에 맞춰 들었다.

"이게 내가 여신에게 받은 비장의 스킬이야."

"궁극의 예측…… 미래예지라는 건가."

"시뮬레이션이야. 하지만 유감이네…… 너 같은 마을사람이라도 받을 스킬을 제대로 생각해두면 나에게 이겼을지도 모르는데. 넌 발견하지 못했지?"

"응? 뭐가?"

"처음 스킬을 두 개 고르게 하잖아? 여신이 건네준 스킬북의 표지 뒤에 이 세계에 존재하지 않는 자신만 사용 가능한 유니크 스킬이 딱 하나 기재되어 있거든."

"…………그건 처음 들었네."

"그것의 발견 여부가 나와 너 같은 평범한 환생자의 차이야."

나 또한 애검을 소환하여 제로를 향해 높이 거머쥐었다.

"수다는 그만 떨고── 덤벼."

나와 제로는 서로 자신만만한 미소를 지으며, 서로를 향해 한 걸음 나아갔다.

"자, 앞으로 912수로 체크메이트라고? 마을사람 씨?"

나는 검을 떨어뜨릴 뻔했다.

방금 전까지의 격전으로 광장 돌바닥이 약해졌는지, 발을 디디자마자 돌바닥이 무너져 균형을 잃었다.

그것을 노린 것처럼 휘둘러지는── 제로의 장검.

몸을 뒤집어 피했지만, 옆구리를 깊이 베였다.

내장까지는 닿지 않았다.

치명상은 아니다.

"그러나── 피가 부족해."

하나를 보면 열을 안다고, 농담처럼 보이는 공방의 연속뿐이었다.

아까처럼 돌바닥이 약해지거나, 바닥의 미끄러운 부분에 발이 미끄러지거나, 혹은 모래먼지가 갑자기 일거나.

보통은 그런 불운이 일어나도 금세 일어날 수 있지만, 제로는 처음부터 그렇게 될 것을 알면서 공격해왔다.

그렇게 크고 작은 서른 개 이상의 상처가 나에게 새겨졌다.

"912수……인가."

"그래, 912수야. 거기서 너의 이세계 무쌍 이야기는 끝나는 거지."

"그렇게 간단히 네 생각대로 될까?"

미소를 짓는 나를 향해 제로가 어이가 없다는 듯 어깨를 으쓱했다.

"지금까지 계속 15분 이상 일방적으로 썰려왔잖아? 이제 와서 강하게 나서는 건가? 이젠 힘과 격의 차이는 잘 깨달았을 거 아냐?"

"힘과 격의 차이……라. 맞아."

"그럼 좀 더 나를 두려워해도 될 텐데? 언제까지고 여유로운 표정을 지으면 귀엽지 않다고?"

"왜 내가 두려워해야 하는데?"

"…………?"

"네가 이끌고 있는 기사단…… 간사이렌고였던가?"

갑자기 무슨 말을 하냐는 듯 제로가 고개를 갸웃했다.

"응, 그런데?"

"간사이(관서) 연합. 어지간히 폭주족인가 뭔가를 선망했던 모양이야. 뭐, 진짜 촌스러운 네이밍 센스지만."

"멋진 이름이잖아. 왠지 잘 놀 거 같지 않아? 바보 같기도 하니

이 기사단과는 어울리는데."

"아니야. 너는 자유를 만끽하는 불량배를 부러워한 거야."

"…………?"

"아버지에게 억압당하고, 반항도 하지 못하고 시키는 대로 하면서, 그 반동으로 이 세계에서는 자유롭게 산다고 했던가?"

제로가 잠시 무언가를 생각하더니, 내뱉듯이 말했다.

"대단한 정보통이네."

"코델리아의 펜던트가 통신기도 되거든. 이야기는 잘 들었어."

"그래서 무슨 말이 하고 싶은데."

"이 세계에 오고 나서도…… 전혀 성장하지 못했구나. 네놈은 여전히 누구에게도 거스르지 않고, 방에서 책상밖에 마주하지 못하던 시절의 재수 없는 어린애와 같아."

"뭐? 무슨 말이야?"

"압도적인 스킬을 지녔으면서, 네놈은 결국 신성교회 소속의 길을 선택했어. 결국 너는 허락된 자유 속에서 자유를 만끽하는 척을 하고 있을 뿐인 것 아닌가? 방에 틀어박혀 자신을 위로하던 때와 뭐가 달라?"

"어엉? 이 세계에서 내가 맡은 기사단 이상으로 자유로운 집단이 어디 있는데? 살인이든 강간이든 무엇이든 가능하잖아?"

"그럼 왜 네놈은 스스로 사람을 죽이지 않는 거지? 왜 단장인 네놈보다도 부장이 더 스테이터스가 높은데?"

거기서 제로는 말문이 턱 막혔다.

"…………그건 내 스킬이 최강이고 무적이라……."

"네놈이 하고 있는 짓은…… 일본의 부모님에 대한 그저 뒤늦은 반항기다. 스스로 악행을 실천할 마음도 없고, 타인에게 전부 맡기고…… 심지어 간사이 연합이라고? 다시 말하지만, 일본에서는 그런 불량배가 퍽이나 자유를 만끽하는 것처럼 보였나보지?"

"……닥쳐."

"불량배들과 비슷한 이성도, 품격도 없는 집단을 스스로 만들고, 그것을 지배하면서 옛날의 자신과 결별할 셈인가? 골목대장처럼 굴며, 뒤늦게 온 반항기로 자아실현을 할 셈인가? 정말 웃긴 여자네."

"……닥치라고 했을 텐데."

"릴리스!"

"──잘 알고 있다고…… 말했잖아."

"인비저블……이라고?"

갑자기 나의 옆에 나타난 릴리스를 보며, 제로가 경악했다.

"……인비저블. 애초에 레어이기는 하지만 그렇게까지 드문 스킬은 아니야. 뭐, 내 경우에는 용의 비술로 같은 효과의 마법을 사용하고 있을 뿐이지만."

그러며 릴리스가 피식 웃었다.

"……참고로 류토의 도발에 응하지 않으면, 당신과 비슷한 역량을 지닌 성기사들이 눈치챌 터."

"릴리스? 상대가 환생자니까. 알고 있겠지만 리미터는 완전 해제야."

나는 엑스칼리버의 칼날에 오른손 엄지손가락을 그었다.

살짝 상처가 생기며, 피가 조금씩 떨어졌다.

그대로 나는 릴리스의 얼굴로 오른손을 내밀었다.

"……응."

릴리스가 입에서 혀를 내밀고, 나의 오른손에 난 상처로 입을 가까이 했다.

할짝거리며 천천히 혀를 움직여, 엄지손가락 끝부터 첫 번째 관절까지 핥았다.

"……후우."

달뜬 숨결과 함께 릴리스의 볼이 상기되었다.

혀끝을 더욱 빠르게 움직여, 할짝할짝 엄지손가락 끝을 조금씩 핥았다.

릴리스의 호흡이 열기를 띠기 시작하자—— 그녀가 입을 크게 벌렸다.

덥썩.

손가락 끝을 입에 넣었다.

그녀가 입을 오므리며, 황홀한 표정을 지었다.

그리고 열심히 손가락을 쪽쪽 빨았다.

릴리스가 엄지손가락 끝이 목구멍까지 닿을 기세로 완전히 입에 물었다.

그리고 손가락을 입에 문 채 황홀한 표정으로 나를 올려다보며 뜨거운 시선을 보냈다.

"매번 생각하는데, 그렇게까지 꼼꼼하게 할 필요가 있어?"

"……히훈이 쥬뇨(기분이 중요)."

뭐, 그런 건가, 하며 나도 그 자리에서 정신을 집중했다.

동시에―― 그것이 일어났다.

본래 나의 강화술식은 릴리스에 의지하는 면이 크다.

나는 마을사람이니까 고도의 마법 연산술식을 행사할 수 없다.

릴리스와 나는 영혼이 일부 서로 섞인 탓에 가까이에 있으면 릴리스는 나의 엄청난 MP를 마음껏 쓸 수 있고, 반대로 말하면 나는 릴리스의 뇌의 마법 연산영역을 빌릴 수 있다.

그리고 지금 하고 있는 것은 빌리는 것이 아니라 릴리스의 뇌에 의한 나의 강화술식의 직접연산이다.

예를 들어 어떤 고성능 컴퓨터가 있다고 해도, 사용하는 사람이 초보라면 컴퓨터는 무용지물이 된다.

알기 쉽게 말하면, 평소에는 내가 릴리스에게 컴퓨터를 빌렸지만, 지금은 사용자도 릴리스라는 뜻이다.

그리고 그때 필요한 것이 나와 릴리스의 직접적인 강한 접촉이다.

본래 영혼 수준으로 일부 섞였지만, 이번에는 피와 타액―― 서로의 체액을 통해 서로의 영혼 링크를 더욱 강화시키는 것이다.

"……종료."

그 말과 동시에 릴리스가 나의 엄지손가락에서 입을 뗐다.

타액의 실이 쭉 늘어지는 모습이 여러모로 강렬하다.

"……인비저블."

릴리스가 다시 투명해지며 그 자리에서 멀어졌다.

"자, 이코마 레이? 성기사단답게 사후 세계에서 신에게 참회할 준비는 됐나?"

"……뭐야…… 이거?"

직후 나의 주위로 새까만 오라와 보라색의 이중 오라가 펼쳐졌다.

릴리스가 말하기를 이 상태일 때의 나는 흰자가 검어지고, 눈동자가 금색이 된다고 한다.

몸을 새까만 오라가 감싸고, 덤으로 등에서 여섯 쌍의 날개와 같은 보라색 오라가 발생한다.

뭐, 보기에는 완전히 악마다.

실제로도 악마라고 생각한다.

왜냐하면 지금 나는 나의 몸속에서 키우고 있는 벨제부브를 비롯하여 몇 개의 마신이며 마왕의 힘을 모두 해방시킨 상태이기 때문이다.

"말도 안 돼…… 이게 뭐야…… 소름…… 내……가……?"

제로의 얼굴이 확연히 초조한 빛을 띠었다.

"마인화다. 나만 사용할 수 있는 신체강화 방법이지."

"아까 전까지와 비교도 안 돼…… 이 무슨 바보 같은…….."

"이것이 내가 16년에 걸쳐 마지막으로 도달한 지점이야. 어디 콱 때려눕힐 수 있으면 해보시지."

"그러나 어차피 스테이터스가 올라간 정도겠지?"

"아니야. 현격하게 올라간 거지. 뭐, 됐어. 그렇게 자랑하는 전장의 모든 것을 간파하는 시뮬레이션 스킬로 모든 전황을 읽어 봐."

제로가 아까처럼 오른손의 엄지와 중지를 딱 울렸다.

기계음성과 같은 목소리로 그녀가 말을 늘어놓았다.

"적의 스테이터스 재분석 종료. 연산 조건: 아군의 무사 귀환과 10분 이내의 승리……. 시뮬레이션 개시………… 해당 사항 제로. 연산 조건을 20분 이내로 하여 다시 연산 개시…… 해당 사항 제로. 한 시간 이상…… 해당 사항 제로. 조건 변경. 시간을 따지지 않고, 아군의 일정 대미지도 허용한다. 다시 연산 개시…… 해당 사항 제로. 조건 변경. 아군의 대미지 정도를 따지지 않고, 시간도 따지지 않는다…… 단지 승리하는 방책을…… 연산 개시."

거기서 제로의 기계음성과 같은 목소리가 멎었다.

그러며 점차 그녀의 얼굴에서 핏기가 사라졌다.

"……해당 사항…… 제로라고?"

그제야 상황을 파악한 것 같아 나는 주먹을 뚝뚝 울리기 시작했다.

"무슨 짓을 해도, 무슨 일이 일어나도 절대 이기지 못해……? 그런…… 그런 바보 같은…… 말도 안 돼…… 말도 안 돼…….."

제로가 공허한 표정으로 헛소리처럼 중얼거렸다.

"그런데 자랑스러운 시뮬레이션으로 나를 직접 때린 결과 어떻게 되는지 알아냈어?"

"직접 덤벼들면 내가 예측으로 피할 가능성이 높다고 생각했나보네. 거기서 지형 파괴에 의한 범위공격에 몇 번 휘말려도 나는 KO야. 직접 맞을 것도 없이…… 말이지. 솔직히 직접 맞으면 어떻게 될지 모르겠네."

"응, 그거 마음의 준비가 되지 않아 안됐네."

그렇게 나는 제로의 눈앞까지 다가가 주먹을 쥐었다.

"이봐, 이코마 레이? 너는 결국 허용된 범위 내에서 날뛰었을 뿐인, 그야말로 신성교회의 살아 있는 장기말이야. 그리고 이 세계에서 완전히 악당이 되지도 못했어. 레이…… 정말 텅 빈 제로야, 너는."

"젠장……."

"근성을 다시 고쳐주지. 내 주먹은── 네놈의 아버지보다 만배는 아플걸?"

주먹을 높이 쳐들었다.

정말 높이, 높이 쳐들었다.

"힉……."

그 모습을 본 제로가 비명과도 같은 새된 신음소리를 냈다.

쳐들었던 주먹을 한계까지 뒤로 넘겼다 앞으로 뻗었다.

그때 제로가 울먹이며 외쳤다.

"신의 법의!"

성기사의 스킬로, 물리와 마법을 포함한 모든 공격을 몇 초간 무효화한다고 했던가.

하루에 몇 번, 그리고 몇 초밖에 쓸 수 없지만, 그래도 매우 강렬한 절대적인 철벽이다.

"그게 어쨌는데!"

음속을 훨씬 뛰어넘은 주먹에 휘감겨 있는 것은 마신과 마왕들의 새까만 오라다.

당연히 그냥 새까만 것만이 아니다.

초고밀도의 영적 질량을 동반한 악몽의 일격이므로, 대상을 아스트랄체부터 파괴하는 신을 죽이는 일격이기도 하다.

신의 법의에 나의 주먹이 닿자마자, 빠직빠직 소리를 내며 어떤 공격도 무효화할 터인 철벽이 붕괴했다.

"……아앗?!!!!!!"

그렇게 나의 주먹이 제로의 코뼈에 꽂혔다.

"아아악! sdjhgv제mfl;아cdsd휴gvs보, 아아아아아sxc후sx;s푸아아아!!!!!!! 히야악!!!"

그녀가 북동쪽을 향해 음속으로 날아갔다.

"홈런……인가. 뭐, 신의 법의도 어느 정도는 작동했으니……죽지는 않았겠지."

나는 저 멀리 지평선으로 날아간 그녀를 바라보며 말했다.

그리고 코델리아가 나를 가리키며, 창백한 얼굴로 그저 입을 뻐끔뻐끔뻐끔뻐끔 움직이고 있었다.

"뭐, 뭐, 뭐, 뭐, 뭐야 이거? 뭐야 대체 그 오라?! 귀신과 싸울

때 류토 너 봐주면서 한 거였어? 너, 너 말이야? 용사를 바보로
아는 것도 저, 저, 적당히 하라고?!"

당황하는 코델리아를 보며 릴리스가 만족스럽게 고개를 끄덕
였다.

"……이것이 우리 류토의 본 실력."

릴리스가 만족하는 와중에 나는 크게 하품했다.

"아무튼…… 피곤하다."

짧은 시간이라고는 하지만, 한계를 훨씬 뛰어넘은 힘을 구사했
다.

강렬한 졸음이 밀려와 나는 그 자리에 풀썩 주저앉고 말았다.

에필로그

간사이 렌고라는 기사단은 내가 쓰러뜨렸다.

그 결과 코델리아는 지금 어디에도 파견되지 않고, 마법학원에 맡겨졌다.

본래 저 기사단은 비공식 부대이며, 겉으로는 존재하지 않는 부대이다.

여러모로 신성교회 내부에서는 다루기 어렵겠지만, 나로서도 모두 죽일 수는 없다.

따라서 목격자가 많이 생겼다.

코델리아는 차치하고, 이대로 내가 일개 학생으로 지내기에 는…… 조금 사정이 복잡해질 것이다.

상대방에게서 어떤 반응이 올지 모르지만, 뒤는 어찌 돼도 상관없다.

아무튼 코델리아의 귀환을 축하하는 의미로, 마법학원 근처 숲에서 바비큐 파티를 열기로 했다.

바비큐 파티 시작이다.

마법학원 근처 숲의 호숫가에서 나, 코델리아, 릴리스, 사에구사, 리즈 다섯 명은 풍로의 숯불을 둘러싸고 있었다.

이 나라에 풍로가 있어서 놀랐다. 이 도구는 일본의 전매특허라고 생각했으나, 그렇지도 않은 모양이다.

"향신료는 마음껏 써도 되니까. 고기도 마음껏 먹어."

미노타우로스 고기에 에인션트 오크 고기.

초고급 식재료를 아낌없이 망 위에 올렸다.

망에 올린 고기에서 기름이 흘러 치익치익 숯으로 떨어졌다.

그 위에 나는 소금과 후추를 호쾌하게 뿌렸다.

"와아아! 와아아!"

사에구사가 침을 흘리며 눈을 빛냈다.

"왜 그래, 사에구사?"

"고급 고기라니 오랜만이에요! 학생식당에서 저는 항상 제일 싼 파스타만 먹으니까요!"

"너는 준국빈 유학생 대우를 받으니, 그럭저럭 보조금이 나오지 않아?"

사에구사가 고개를 휘휘 가로저었다.

"전부 저금했어요! 언젠가 올 사에구사 가의 부흥을 위해……! 군자금이 필요하니까요!"

군자금이라니…….

싸움을 전제로 하는 거냐며 나는 그 자리에서 웃음을 터뜨릴 뻔했다.

이러니저러니 하며 사에구사와 리즈가 반쯤 익은 고기를 앞접시에 담아 덥석덥석 먹기 시작했다.

엄청난 기세라 순식간에 70퍼센트의 고기가 망에서 사라졌다.

"거기서 멈춰. 나머지는 우리가 먹을래. 추가 고기의 보충은 너희가 해줘. 마음껏 먹어도 괜찮지만, 우리도 좀 생각해.”

리즈가 먹보인 것은 알고 있었지만, 사에구사까지…….

뭐, 가슴이 매우 크니, 여러모로 영양이 필요할 것이다.

나는 적당히 익은 고기 한 점을 입에 넣었다.

“맛있네.”

하지만 고기에 소스가 없는 게 참…….

아니, 소금구이도 무척 맛있지만, 마지막까지 그것만 먹으면 역시 질린다.

적어도 간장이 있으면 고기 소스도 어떻게든 만들어낼 수 있을 것 같은데.

“간장…… 어디에 없으려나.”

그러자 사에구사가 고개를 갸웃했다.

“간장이라고요? 지금은 없지만…….”

나는 마하의 속도로 사에구사의 어깨를 붙잡았다.

“지금은 없다는 말은…… 있다는 거야?!”

“네?”

“있냐고?! 간장?!”

“아, 네. 미소된장의 친척 같은 거죠? 왜국에서는 흔하게 있는데요?”

이럴수가!

이 세계에는 미소된장까지 흔하게 존재하나보다!

아니, 왜국이라고 할 정도니까…… 젠장!

오히려 지금까지 생각지도 못한 나를 원망하고 싶다.

“그럼…… 쌀은?”

“물론 있는데요?”

좋아, 있구나!

좋아! 좋아! 좋아좋아좋아! 완전 좋아!

고기생강구이.

스키야키.

소고기 덮밥.

오야코동.

우와, 이거 정말 꿈이 펼쳐지기 시작했다.

대체로 어떤 곳인지 상상은 되지만, 다음에…… 왜국에 가봐야 겠는걸.

그때 나는 미노타우로스 고기를 보며 입맛을 다시고 있는 코델리아를 바라보았다.

“맛있어, 코델리아?”

“솔직히 놀랐어. 일 때문에 여러 만찬회에 불려갔지만, 이런 맛있는 고기를 먹은 건 처음이려나. 조금 과할 정도로 뿌렸지만…… 향신료가 괜찮네.”

“그거 다행이네. 그런데 코델리아? 너에게 꼭 말해둬야 할 말이 있는데.”

“응? 뭔데?”

“아무래도…… 내게 가정이 생긴 것 같아.”

나는 릴리스에게 눈짓을 했다.

그러자 릴리스도 크게 고개를 끄덕였다.

"아니, 그러니까…… 어린애를 돌보지 않으면 안 되게 되었거든. 중요한 이야기니까 너에게도 사정을 잘 설명하려고."

다시 나는 릴리스에게 눈짓을 했다.

그러자 릴리스도 다시 고개를 크게 끄덕였다.

나는 이어서 리즈에게 시선을 보냈고, 그와 동시에 코델리아가 무슨 까닭인지 릴리스의 아랫배로 시선을 보냈다.

"가정이라니…… 역시 그런 거야?"

"응. 여러모로 복잡한 사정으로 그렇게 됐어."

리즈를 맡게 된 경우는 정말 복잡하니 설명하기 어렵다.

그때 코델리아가 릴리스의 배에서 시선을 떼지 않고, 그 자리에서 부들부들 떨기 시작했다.

"여러모로 복잡하다? 어떻게 생각해도 단순한 이야기잖아?! 할 짓을 했으니까 그렇게 된 거 아냐?!"

코델리아가 순식간에 나와의 거리를 좁혔다.

"앗?!"

라이트 스트레이트.

퍽 하는 둔탁한 소리가 주위로 울려 퍼졌다.

이어서 명치에 힘껏 발차기를 맞았다.

"크악?!"

"죽어! 죽어! 죽어! 정말…… 류토 따위 죽으면 좋을 텐데!"

레프트 스트레이트, 라이트 훅.

라이트 로우 킥. 마구 걷어차기.

"아니, 왜 내가 맞아야 해?! 리즈를 당분간 맡아서 돌보게 되었다는 이야기일 뿐이잖아?!"

"아, 그런 거였어? 나는 완전히…… 아니, 뭐라고 해야 할까…… 미안해?"

코델리아가 에헷 하며 무언가를 얼버무리듯이 미소를 짓자, 릴리스가 깊은 한숨을 쉬었다.

"……코델리아=올스톤?"

"뭔데?"

"……전에도 말했지만, 왜 류토의 애인 행세야? 어차피 그냥 소꿉친구. 너는 그것뿐인 존재…… 달라?"

"무슨 말을 하고 싶은데?"

"……슬슬 분수를 알라는 거야. 전에도 말했지만…… 나는 네가 싫어…… 코델리아=올스톤."

코델리아가 릴리스에게 다가가, 키스라도 할 기세로 얼굴을 가까이 했다.

눈과 눈의 거리가 몇 센티미터일까.

뭐, 간단히 말하면 코델리아가 릴리스를 노려보는 상태이다.

"싸움…… 거는 거지?"

"……그야 아주 대놓고 해보자는 마음으로 걸고 있는데. 게다가 나는 선물을 받지 않았어. 너만 류토에게 펜던트를 받았어. 불공평해. 불쾌해."

아직도 앙심을 품고 있었냐! 정말 질릴 노릇이다.

"해보자 그래. 이리 나와."

"……이미 이곳은 밖. 나오고 말 것도 없어. 잠꼬대는 자면서 해."

코넬리아의 관자놀이에 불끈불끈 핏대가 솟았다.

"여기서 싸우면 바비큐 세트가 엉망이 되니까 잠깐 저쪽으로 가자는 말인데?"

"……나는 마법사이고 너는 근접직. 그리고 지금은 완전히 근거리. 너에게는 지금밖에 승산이 없어. 그냥 싸우면 내가 이겨. 너무 불공평하니 내가 너에게 기회를 주는 건데 왜 모를까?"

점점 주고받는 말이 심해졌다.

서로의 시선 위에서 빠직빠직 불꽃이 튀는 것이 보일 정도이다.

사에구사와 리즈는 그런 두 사람을 완전히 무시하고, "맛있네요" "네!" 하며 둘이서 야금야금 고기를 먹고 있다.

여기 모두가…… 마이 페이스라고 해야 할까.

아무튼…… 나는 코넬리아와 릴리스를 향해 외쳤다.

"아아아! 진짜! 정말 너희들 귀찮게 구네! 아니, 이번에는 싸움을 건 네가 잘못했어!"

일단 릴리스를 주먹으로 강하게 때렸다.

"……먼저 류토를 때린 코넬리아=올스톤이 잘못했다고 생각해."

"이 녀석은 이런 녀석이니까 할 수 없잖아!"

"……하지만…… 그래도 나는 잘못하지 않았다고…… 생각해."

릴리스가 울먹이는 사이, 코넬리아가 나를 노려보았다.

"그건 그렇고…… 너 말이야?"

"응?"

"마인화 전의 그건 뭐야?"

"그거?"

나의 물음에 코델리아가 순간 입을 다물었다.

"뭔가…… 릴리스가 저기…… 열심히…… 꼼꼼하게…… 핥으면서……."

점점 코델리아의 얼굴이 붉게 물들었다.

"마치? 뭔데?"

"……그건………… 마치 뭐라고 해야 할까 저기…… 그게…… 뭐라고나 할까…… 막대기 같은 걸 쭙쭙……."

코델리아의 볼이 완전히 새빨갛게 물들었다.

주전자라도 올리면 끓을 것 같다.

왠지 우물쭈물하고 있는데, 도대체 이 녀석은 왜 이러는 걸까?

"보기에…… 그렇다고나 할까…… 저기…… 뭐라고나 할까……."

"응? 무슨 소리야?"

코델리아가 부들부들 어깨를 떨면서 그 자리에 쪼그려 앉았다.

"코델리아, 대체 왜 그러냐니까? 열이라도 있어? 얼굴이 새빨간데?"

내가 걱정하며 코델리아에게 다가가자, 밑에서 주먹이 날아왔다.

"정말 너는 일단…… 한 번 죽고 와!"

어퍼컷.

나의 턱에 깔끔하게 꽂혔다.

"아니, 그러니까…… 왜 그렇게 되는 거냐고?!"

당황한 표정을 지었을 때, 고기를 다 먹고 공복을 달랜 리즈가

"후후" 웃었다.

"리즈, 왜 웃어?"

"아니, 여러분 사이가 좋네요…… 하는 생각이 들어서요."

"지금 이게…… 어떻게 사이가 좋은 걸로 보이는 거야."

물음표를 띄우며 고개를 갸웃하는 나를 보며, 리즈가 킥킥 웃으면서 말했다.

"저는…… 이런 식으로 누군가와 화내거나, 웃거나, 울거나…… 그런 솔직한 감정을 토로할 만한 환경에서 지낸 적이 없으니까요. 아버님, 어머님과는 금방 격리되고 말았고요. 솔직한 감정을 표현할 만한, 아무것도 감추지 않고 본모습 그대로 있을 수 있는, 그런 안심할 수 있는 장소가 있는 오빠들이…… 부러워서."

"무슨 말이야."

"네?"

"뭐, 표현을 바꾸면 확실히 그럴지도."

그러며 나는 리즈의 머리에 손바닥을 톡 올렸다.

"지금 이 장소에 우리만 있는 게 아니야. 너도 여기에 잘 있잖아? 너도 이 장소의 일원이라고?"

그 자리의 모두가 바로 동의하며, 리즈에게 다정한 시선을 보냈다.

그러자 리즈가 부끄러워하며 눈을 크게 떴다.

"……네."

그리고 리즈는 볼을 조금만 분홍색으로 물들이더니, 역시 부끄러워하며 웃었다.

　──바비큐 파티 다음 날.

　류토 일동이 바비큐 파티를 연 숲의 호숫가에서 리즈는 혼자 우울하게 그루터기에 앉아 있었다.

　흐린 하늘 아래, 그녀는 동물귀를 쫑긋거리며 숲 속으로 시선을 보냈다.

　잠시 뒤 덤불이 바스락바스락 움직이고, 안경을 쓴 남자가 숲 속에서 걸어 나왔다.

　"안녕하세요, 리즈 씨."

　안경테를 손으로 밀어 올리며, 모제스가 부드럽게 웃었다.

　"오랜만입니다. 모제스 씨."

　"자, 그럼…… 류토=맥클레인에 관한 보고서를 받을 수 있을까요?"

　리즈가 품에서 꺼낸 편지를 모제스에게 건넸다.

　"류토 씨가 성기사단을 무너뜨렸다고 들었습니다만, 신성교회는 대체 어떻게 나올까요?"

　"아아, 그거 말이죠. 물론 아무 일도 없다고요?"

　"아무 일도 없다니요?"

　"제가 진실을 수정했습니다. 그 기사단은 코델리아 양의 귀성 중에 귀신 세 마리가 이끄는 오거 엠퍼러 무리에게 습격을 받아 전멸……했다는 것으로요. 제로 씨도 신성교회에는 실력의 절반도 드러내지 않았으니, 보고는 문제없이 통과하겠지요. 물론 류토 군이나 코델리아 양에게는 아무 소식도 가지 않을 겁니다."

"앗…… 그게 무슨……?"

"뭐, 실제로는 제가 주둔지와 함께 모두 죽었거든요. 다만 제로씨의 신병을 확보하지 못한 것이 마음에 걸립니다. 이런 처리를 하려면 사실을 아는 자는 확실히 숨통을 끊어놓아야……."

"모제스 씨? 당신은 대체 무엇을 하려고 있는…… 건가요?"

"글쎄, 어떨까요? 아무튼 류토 군의 관찰은 부탁드리겠습니다?"

"네, 저는…… 소꿉장난에는 어울리지 않을 테니까요."

그 말에 모제스는 그저 입가를 추악하게 비틀어 히죽 웃기만 했다.

Murabitodesuga Nanika? 4
©2018 by Shiraishi Arata
First published in Japan in 2018 by Shiraishi Arata
Korean translation rights reserved by Somy Media, Inc.
Under the license from Micro Magazine Co., Ltd., Tokyo JAPAN

마을사람입니다만, 문제라도? 4

2018년 4월 25일 1판 1쇄 인쇄
2018년 5월 1일 1판 1쇄 발행

저   자 시라이시 아라타
일 러 스 트 시라소 파미
옮 긴 이 이서연
발 행 인 유재옥
본 부 장 조병권
담당편집자 조찬희
편   집 권오범 김다솜 김민지 김혜주 강혜린 박은정 이문영 정영길 조찬희
라이츠담당 박선희 오유진
디 지 털 최민성 박지혜
발 행 처 ㈜소미미디어
등   록 제2015-000008호
주   소 서울시 마포구 토정로222, 403호 (신수동, 한국출판콘텐츠센터)
판   매 ㈜소미미디어
마 케 팅 김선형 한민지
전   화 편집부 (070)4164-3962, 3963 기획실 (02)567-3388
              판매 및 마케팅 (070)4165-6888, Fax (02)322-7665

ISBN 979-11-6190-523-5 04830
ISBN 979-11-5710-560-1 (세트)